공포의 그림자

무서운 이야기

더 파이널

씨앤톡
See&Talk

공포의 그림자
무서운 이야기 더 파이널

초판 발행　2011년 06월 24일

초판 9쇄　2021년 01월 15일

지은이　　송준의

펴낸이　　이진곤

펴낸곳　　씨앤톡

출판등록　제 313-2003-00192호

주소　　　경기도 파주시 문발로 405

전화　　　02-338-0092

팩스　　　02-338-0097

홈페이지　www.seentalk.co.kr

E-mail　　seentalk@naver.com

ISBN　　　978-89-6098-158-4 13810

모델명 | 무서운 이야기 더 파이널　**제조년월** | 2021. 01. 15.　**제조자명** | 씨앤톡　**제조국명** | 대한민국
주소 | 경기도 파주시 문발로 405　**전화번호** | 02-338-0092　**사용연령** | 10세 이상

공포의 그림자

무서운 이야기

더 파이널

송준의 엮음

씨앤톡
See&Talk

여기, 지금 우리와 함께 살아가고 있는 괴담.

시대가 변했을까요? 어두컴컴한 재래식 화장실, 인적이 드문 공동묘지. 더 이상 이런 곳에서 괴담을 찾을 수 없게 되었습니다. 이제는 밤 12시 종이 울리기를 기다리지 않아도 일상 어디에서나 괴담을 찾을 수 있게 되었습니다. 옛날에는 일상에서 조금 먼, 어둡고 낯선 곳에 괴담이 존재했다면, 지금은 엘리베이터 안, 이메일, 휴대전화, 내비게이션 등 바로 우리 곁에 존재하고 있습니다.

옛날부터 구전되어 온 괴담들은 척박한 자연을 지혜롭게 극복하는 방법, 권선징악의 충고 등 교훈적인 의미가 강했습니다.

일본 신화에는 어떤 남신이 황천에 갔다가 여신들에게 붙잡히는 이야기가 있습니다. 그 남신이 저승에서 도망칠 때 머리에 있던 넝쿨을 내던지는데, 바로 여신들이 그 넝쿨을 먹느라 정신이 팔렸을 때 도망을 치는 거죠. 그리고 다시 쫓아올 때는 머리빗을 던지는데, 그 빗이 죽순으로 변합니다. 여신들은 죽순을 먹느라 또 쫓아오지 못합니다.

멕시코에도 비슷한 이야기가 있습니다. 한 가정에 계모가 들어옵니다. 그런데 사실 계모는 마귀할멈이었죠. 딸이 계모로부터 벗어나려고 도망치는데 곧 잡힐 것 같아서 갖고 있던 수건을 던지니 그게 강이 되어서 무사히 도망치게 됩니다. 우리나라에도 구미호를 피해 도망치다가 선인에게 받은 주머니 중에 파란

주머니를 던지자 강이 되고, 빨간 주머니를 던지자 불바다가 되었다는 유사한 이야기가 있습니다.

이 이야기들의 공통점은 위험에 처한 상황에서 미끼를 던져 지혜롭게 피한다는 것입니다. 사람의 본능적인 욕구와 체험이 괴담으로 진화되었다고 할 수 있습니다. 이런 욕구와 체험이 이야기와 결합되어 본능적인 괴담이 되었다면, 시간이 흘러 현대에서는 이야기의 교훈성이 사라지고 대신 자극성이 첨가되었습니다.

또한, 현대의 괴담에는 개인적인 고민이 반영되어 있습니다. 개인의 외로움, 소외, 사회의 억압, 스트레스 등이 현재를 살아가는 우리들이 듣고 겪는 괴담에 녹아 있는 것입니다.

단순한 공포가 아니라 여기, 지금 현재를 살아가는 사람들의 생각을 읽을 수 있으면 좋겠습니다.

송준의

령 靈 훔쳐보는 눈

살殺 죽음의 밧줄

묘 妙 어둠의 시간

령靈

훔쳐보는 눈

01
할아버지의 손

　내가 집에서 나와 경기도 시흥에서 자취를 하던 때 있었던 일이다.

　워낙 외로움을 많이 타고 혼자 있는 것을 싫어했던 나는 고등학교 동창인 K를 불러다 함께 지냈다. 조그만 일에도 깜짝깜짝 놀라는 나는 보통 사람보다 심약해서인지 헛것을 보는 일이 많았고, 자는 도중에 깨는 일도 많았다. 그런데 K는 기가 세기로는 둘째가라면 서러울 정도의 친구였다. 그래서인지 K와 함께 지내는 동안에는 헛것을 보는 일도 없었고, 잠도 깊게 잘 수 있었다.

그렇게 잘 지내던 2009년 12월 어느 날 새벽이었다. K가 갑자기 배가 고프다며, 밖에 나가서 뭐라도 사먹고 오자고 보챈 탓에 외출을 하게 되었다. 포장마차에서 시장기를 없앤 우리는 마침 집에서 기르는 고양이 모래도 떨어져서 모래도 사고 내친 김에 비축용 군것질거리도 이것저것 샀다. 그렇게 우리는 각자 양 손에 한 짐씩 들고 집으로 돌아가고 있었다.

그때 K의 남자 친구로부터 전화가 걸려왔다. 나와 같은 속도로 걷던 K는 고개를 숙이고 통화를 하면서 조금씩 앞서 가기 시작했다. K보다 조금 더 무거운 짐을 들고 가던 나는 K의 걸음걸이를 따라잡을 수 없었다. 빠른 걸음으로 가던 K는 어느새 저 앞으로 까마득하게 멀어지고 있었다.

자취방으로 가려면 직선으로 늘어선 세 개의 교차로 중 두 개를 지나 세 번째 교차로에서 오른쪽으로 꺾어 들어가야 한다. 그런데 내가 첫 번째 교차로를 지날 때, K는 벌써 세 번째 교차로에 접어들고 있었다.

겨울 새벽이라 날은 추웠다. 길도 어두워서 뭔가 불쑥 튀어나올 것만 같았다. 나는 무서움을 느껴 걸음을 재촉해서 K를 따라잡으려고 했다. 다행스럽게도 길 양쪽에 주차

된 자동차 사이로 차 두 대가 서로 지나갈 수 있을 정도로 길이 넓었다. 뭔가 튀어나오면 미리 알아차리고 어느 정도 대비할 수는 있을 것 같아서 눈에 잔뜩 힘을 주고 열심히 주위를 살피면서 종종걸음으로 걸었다.

그런데 저 앞에 사람의 형체가 보였다. 순간 긴장한 나는 겁먹은 티를 내지 않으려고 걸음을 늦추고 조심스럽게 걸어갔다. 점점 가까이 다가가자 그 사람은 할아버지라는 것을 알 수 있었다. 무엇 때문에 이 새벽에 나와 계신지는 모르지만 그 할아버지는 첫 번째 교차로의 왼쪽 모퉁이에 우두커니 서 계셨다.

나는 조심조심, 너무 빠르지도 늦지도 않은 속도로 첫 번째 교차로를 지났다. 그리고 두 번째 교차로를 지나면서 뒤를 돌아보았을 때 멀어져가는 할아버지의 뒷모습을 볼 수 있었다. 세 번째 교차로에 접어들 때까지 사람은커녕 지나가는 강아지 한 마리도 보지 못했다. 이제 집에 거의 다 왔다는 생각에 조금 긴장을 풀며 오른쪽으로 길을 꺾었다.

그런데 오른쪽으로 돌자마자 멀리 웬 사람이 한 명 서 있는 것이 보였다. '앞서 가던 K가 나를 기다리나 보다'라는 생각에 반가워서 빠른 걸음으로 다가갔다. 그런데 몇 걸음 떼지 않아서 어렴풋이 보이는 형체가 K가 아니라는 것을 깨달았다. 실망한 나는 '이 시간에 길에 나온 사람이 또 있구나' 하고 생각하며 원룸을 향해 걸음을 재촉했다. 원룸에 가까워질수록 사람의 형체는 점점 뚜렷해졌는데 어디선가 본 듯한 모습이었다. 형체가 완전히 눈에 들어오자 나는 소스라치듯 놀라 머리끝이 바짝 섰다. 그 사람은 바로 첫 번째 교차로에서 본 할아버지였다.

첫 번째 교차로에서 할아버지를 만났고 내가 두 번째 교차로를 지날 때 뒤돌아 그곳에 서 있던 할아버지를 확인했는데 어느새 내 앞에 서 있었던 것이다. 이 근처 지리를 잘 알지만 절대로 나를 앞지를 수 있는 다른 골목은 없었다.

'혹시 내가 또 헛것을 보았나? 그렇다면 저 할아버지는……?' 그제야 난 할아버지가 산 사람이 아닐지도 모른다는 생각이 들었다. 그 사실이 너무 무서워서 할아버지와 눈을 마주치지 않으려고 땅만 보며 걸었다. 잔뜩 겁에 질린 나머지 한 걸음 한 걸음이 천근만근 무거워서 내가 걷고 있는지 아닌지조차 알 수 없을 정도였다. 그러다가 할아버지가 사라졌는지 확인하려고 슬쩍 시선을 올렸는데,

그때 할아버지의 눈과 마주치고 말았다.

나와 시선이 마주친 할아버지는 어서 오라는 듯이 손을 흔드셨다. 소리도 지를 수 없을 만큼 공포감에 휩싸인 나는 온몸을 사시나무 떨 듯 떨었고 도저히 발걸음을 옮길 수 없었다. 다만 제자리에 못 박힌 듯 선 채로 고개만 세차게 흔들 뿐이었다. 할아버지의 손짓이 횟수를 더 할수록, 나는 울상이 되어 고개를 저으며 꼼짝도 하지 않았다. 그러자 할아버지의 얼굴이 무섭게 일그러지더니 내 쪽으로 미끄러지듯 다가오기 시작했다.

이대로 있다간 정말 할아버지에게 이끌려 어디론가 가야 할 것 같아서 앞서 간 K를 부르고 싶었다. 하지만 어쩐 일인지 할아버지 뒤로 까만 밤안개가 깔려 아무 것도 보이지 않았다. 내 앞에 멈춰 선 할아버지는 당연히 함께 가야 한다는 듯 손을 내미셨다.

할아버지의 목소리는 들리지 않았지만 나더러 그 손을 잡으라고 하는 것이 분명했다. '저 손을 잡으면 난 분명 끌려갈 거야.' 본능적으로 그렇게 생각했음에도 어느새 나는 손을 내밀고 있었다. 그렇다. 내 생각과 몸은 따로 움직이고 있었다. 그런데 내 양 손에는 고양이 모래와 군것질거

리의 무거운 짐이 잔뜩 들려 있었기 때문에 할아버지에게 손을 내민 것이 아니라 비닐봉투를 내민 꼴이 되고 말았다.

새벽에 낯선 할아버지께 비닐봉투를 내밀다니……. 본의 아니게 그리 되어버린 상황이 무서운 가운데서도 어찌나 우습던지, 나도 모르게 터져 나오는 웃음을 참기 위해 얼마나 애를 썼는지 모른다. 그 탓에 내 얼굴은 일그러졌고, 그러자 할아버지의 얼굴도 더 무섭게 일그러졌다.

할아버지는 끝끝내 꼼짝도 하지 않는 나를 더 이상 기다릴 수 없는지 손가락질을 하며 무척 화를 냈다. 무슨 말을 하는 건지 좀처럼 알아들을 수 없었지만 할아버지의 말이 반복될수록 조금씩 귀가 뜨이는 것처럼 소리가 들리는 듯했다. 뭐라고 화내는지 조금은 알아 들을 수 있을 것 같을 때 할아버지는 손가락질을 그만 두고 나를 직접 잡아끌려고 손을 뻗었다.

그때,

"야!"

짜증 섞인 K의 목소리가 들렸다. 할아버지와 나 외엔 없었던 기묘한 침묵을 찢고 들린 K의 목소리는 무척 또렷했다. 그 소리를 들은 할아버지는 못 마땅한 표정을 지으며 내게 뻗었던 손을 거두었다.

"너 거기서 뭐해?"

K가 버럭 소리치며 다가오자 할아버지는 더 이상 내게 화를 내지 않았다. 손가락질도 하지 않았고, 방해받아 몹시 속상한 것처럼 잔뜩 얼굴을 찌푸리더니 K가 더 가까워지기 전에 내 앞에서 깨끗하게 사라졌다.

그날 이후 자취를 그만둘 때까지 새벽 외출은 절대로 하지 않았고, 두 번 다시 그 할아버지를 보지 못했다.

꿈속의 사과

부천 이모네 옆집에 살았던 신혼부부의 이야기다.

이모가 사시던 아파트는 평수가 작고 많이 낡았었다. 그리고 경사면에 아파트 단지를 지어서 곳곳에 가파른 계단도 많았다. 당시 초등학생이었던 나와 이종사촌 동생이 올라가려면 다리를 힘껏 벌려서 낑낑거려야 할 정도였다. 그래서 이사할 때도 애를 많이 먹었다.

이모는 그곳에서 오래 살지는 않았지만 옆집의 신혼부부와 상당히 가깝게 지냈다. 내가 그 아파트를 정확히 머릿속에 남길 수 있었던 이유는 힘들었던 계단도 있지만 아마 옆집 신혼부부 때문일 것이다.

외동딸로 태어난 나에게 '동생'이라는 존재는 친척 동생 밖에 없는데, 그것도 연년생이라 주위의 누군가가 '임신' 한 모습을 자세히 볼 기회가 없었다. 그런데 이모 집에 놀러 가면 옆집 새댁이 배가 불러 있는 모습을 볼 수 있었다. 당시에는 그 모습이 무척이나 인상적이었다. 곧 있으면 '배에서 아기가 태어난다'는 생각을 하면 신기하기도 했다.

그렇게 지내던 어느 날, 몇 개월 만에 이모를 찾아간 나는 이미 아기가 태어났다는 이야기를 들었다. 하지만 태어난 지 얼마 되지 않은 아기는 면역력이 약하기 때문에 이모 집에 데려올 수도 없었고, 나와 이종사촌 동생 같은 어린아이 두 명을 데리고 방문하는 것은 실례이기에 결국 아기를 보진 못했다.

평소 밝고 외향적이던 이모는 아기를 굉장히 좋아하셨다. 그런데 우리들에게는 그 아기에 대해 별다른 이야기를 하지 않으셔서 어린 나로서는 이상하다고 생각했다. 그래서 끈질기게 졸라 아기의 생김새나 아기가 어떻게 나오는지 등등 초등학생의 입장에서 궁금할 만한 것들을 물어보았다. 그런데 뜬금없이 반은 장난삼아 '태몽' 이야기를 해주셨다. 가끔 임신한 본인이 아니라 주변 사람이 태몽을 대신 꾸기도 하는데 이모가 그렇게 좋아하는 아기 이야기를 꺼리시는 이유가 여기 있었다.

별달리 신비하지도 않은 꿈 속. 그게 태몽인줄 미처 모르던 이모는 한 과일 장수를 만났다. 과일 장수는 가만히 있는 이모에게 다가와 '사과'를 건네주었다.

성격이 대단히 거침없고 넉살도 좋은 이모는 그 사과를 얼른 감사히 받아 한입 베어 물었다. 꼭지 부분 쯤, 그러니까 윗부분을 아삭 베어낸 후 꼭꼭 씹어서 삼키려는데, 터억 하고 누군가 어깨에 손을 올렸다. 고개를 돌린 이모의 눈에 들어온 것은 주름이 자글자글한 손이었다.

깜짝 놀란 이모가 뒤를 돌아보자 옛날에나 볼 수 있었던 고운 한복 차림의 노파가 서 있었다. 그런데 그 노파는 무섭게 일그러진 표정으로 이모를 나무라듯 노려보고 있었다. 순간 이모는 불길한 기운을 느끼고, '내가 뭔가 잘못을 했구나' 하는 생각이 머릿속에 들었다.

그 순간,

"뱉어!"

노파가 고래고래 소리쳤다. 그리고 절대로 해서는 안 될 짓을 했다는 듯 노려보았다. 이모가 뭐라고 대답을 하기 위해 입을 벌리는 순간 노파의 손이 이모의 입을 파고 들었다.

"얼른 뱉어!"

꿈이라서인지 감각은 없고 어떻게 된 것인지 정확하게 기억이 나지 않지만, 어느새 사과 조각은 한 점도 남김없이 노파의 손에 들려 있었다. 노파는 꼭꼭 씹어서 잘게 갈린 사과 조각을 원래의 사과 모양대로 붙이기 시작했다. 이모에게는 눈길 한 번 주지 않고 마치 생명을 다루듯 조심스럽게 잘게 갈린 조각을 다 붙인 노파는 다시 한 번 이모를 나무라듯 보다가 사과를 쥐어 준 뒤 사라졌다. 그리고 이모는 꿈에서 깨어났다.

그 후 임신한 줄 몰랐던 이모는 유산을 했고, 옆집의 신혼부부는 아기를 낳았다. 만약 그때 이모가 사과를 베어 물어 삼켰더라면 이모의 아기는 유산되지 않았으리라 생각한다. 내가 이렇게 생각하는 이유는 옆집 신혼부부의 아기에 대해서 소름끼치는 이야기를 들었기 때문이다. 그 이야기는 내가 이 세상을 살면서 들은 이야기 중에서 가장 소름끼치는 것이었다.

갓 태어난 아기의 이마에는 어른의 치아 수만큼의 흉터가 반달 모양으로 선명히 찍혀 있었다고 한다. 내가 직접 본 것은 아니지만, 이모가 심각하게 이야기해 주셨기 때문에 도저히 거짓으로 들리지 않았다. 또 이모가 갓 태어난 아기를 두고 그런 농을 하실 분은 절대 아니다.

그 후 이모는 서둘러 다른 곳으로 이사했고, 그 신혼부부와는 더 이상 연락하지 않았다.

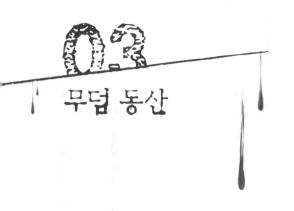

무덤 동산

괴담 중에는 학교 혹은 병원이 원래 공동묘지였다는 이 야기가 종종 있다. 나는 그런 이야기를 들을 때마다 믿지 않고 그저 괴담일 뿐이라고 생각했다. 그런데 내가 직접 그런 일을 겪고 나서는 정말 터가 중요하다는 생각을 하게 되었다.

내가 중3이 되던 2006년에 우리 가족은 아버지 사업을 계기로 중국의 다롄으로 이민을 가게 되었다. 중국 내에 서 다롄의 집값은 싼 편이 아니었다. 하지만 한국에 비하 면 비싼 편도 아니기에 아버지께서는 시내가 아닌, 앞에는 바다가 보이고 뒤에는 산이 있는 아파트 단지를 고르셨다.

전망 좋기로 소문난 그 아파트 단지에는 한국인들이 꽤 많이 거주하고 있었다.

그곳은 산을 깎아 만든 단지여서 입구부터 맨 뒤에 있는 아파트 건물까지 가려면 비탈길을 5~10분 정도 올라가야 했다. 내가 살던 곳은 맨 마지막 건물이었는데, 비록 입구랑 멀어서 불편한 점도 있었지만 바로 뒤에 산이 있고 또 건물 중 제일 높았기 때문에 바다도 잘 보여서 딱히 큰 불만은 없었다.

아파트는 바닥과 벽지색이 진한 고동색인 데다가 천장도 높았기 때문에 대체로 뭔가 썰렁한 분위기를 풍겼다. 또 60평 정도로 넓어서 부엌에서 소리를 쳐도 부모님 방에서는 잘 들리지 않았다. 그건 아마 거실과 방 2개를 가르는 문의 역할도 컸을 것이라고 생각한다. 왼쪽에 거실이 있고 문이 하나 있었는데 그 문을 열고 들어가면 왼쪽과 맞은편으로 방이 두 개가 있고 그곳이 동생 방과 부모님 방이었다. 내 방은 그 문에서 멀리 떨어진 부엌 맞은편 작은 방이었다. 그런데 그 집에서는 이상한 일들이 많이 일어났다.

우선, 거실 텔레비전 아래쪽으로 서랍이 네 개가 있었는데 그 중 하나가 아주 천천히 저절로 열리곤 했다. 만약 집이 약간 기울어서 그랬다면 나머지 서랍들도 똑같이 열려야 했을 것이다. 금방 열리는 것도 아니고 몇 시간을 두고 천천히 열리기에 더 미스터리였다. 나중에는 아버지가 그 서랍을 고치기 위해 뜯기까지 했지만 나사가 풀렸다거나 하는 점은 발견하지 못했다. 결국 테이프로 붙여서 나오지 않게 하는 방법밖에는 없었다.

다음으로는 거실과 방 두 개를 가르는 문이 저절로 열리곤 한다는 것이었다. 물론 여름이나 봄에는 다른 창문을 열어 놓으면 바람에 의해서 저절로 열릴 수도 있지만 우리 가족이 이민 갔을 때는 1월이므로 그렇지 않아도 추운데 겨울날 다른 창문을 열고 있을 리가 없었다. 그런데 이상하게도 밤에 혼자 영화를 보려고 거실에 앉아 있으면 잘 닫혀 있던 문이 삐거덕거리면서 천천히 열리는 것이었다. 나중에는 무서워서 아예 밤에는 혼자 나오지 않았다. 그렇지만 방안에서 소리를 들으면 여전히 창문이 스스로 열린다는 것을 알 수 있었다.

정말 이상한 일은 어느 가을 오후에 일어났다. 나는 혼자 베란다에서 책을 읽고 있었다. 그때 무심코 산을 바라봤는데 해바라기가 가득 심어져 있고 햇살이 너무 아름다워서 산책을 해야겠다는 생각이 들었다. 그래서 집에서 기르던 강아지를 데리고 음악을 들으면서 산에 올랐다.

그 산은 아주 얕아서 위에서 보면 누가 뭘 하고 있는지 훤히 보였다. 고작해야 10층 건물 정도의 높이였다.

그렇게 오후 5시가 되기 전에 산책을 시작한 나는 따뜻한 햇살과 시원한 바람에 취해서 정신없이 걷다가 어느덧 정상에 올랐다. 그런데 신기한 게 그 정상에서 한 시간 가량을 정신없이 뛰어놀았다는 것이다. 지금 생각해보면 정확히 그 1시간 가량이 잘 기억이 나지 않고, 마치 DVD의 '빨리감기' 기능을 누른 것처럼 빠르게 지나간 느낌이다.

그러다 갑작스럽게 왼쪽 뺨에서 오른쪽으로 싸늘한 바람이 삭 스치고 지나갔다. 그 순간 무심코 바라본 오른쪽에는 무덤들이 즐비했다. 내가 서 있는 곳과는 다르게 컴컴한 오른쪽 동산에는 왜 여태까지 발견하지 못했나 싶을 정도로 무덤들이 즐비했고 알록달록한 천들이 휘날리고 있었다. 퍼뜩 정신이 돌아와서 발밑을 바라보니 내가 무덤을 밟고 올라서 있었다.

순간 정말 발끝에서부터 머리끝까지 온몸에 소름이 돋고 머리카락이 쭈뼛 섰다. 당시를 회상하는 지금도 소름이 끼친다. 그때 데리고 간 강아지도 마치 뭔가에 취한 듯 보였는데 내가 "집에 가자!" 하는 순간 주인이고 뭐고 뒤도 돌아보지 않고 정신없이 뛰어 내려가고 말았다.

정상에서 내려가는데 나무 때문인지 사방이 너무 어두컴컴했다. 산에서는 해가 빨리 진다는 어른들 말씀이 무슨 뜻인지 예전에는 잘 몰랐는데, 그날은 피부에 확 닿게 깨달을 수 있었다. 아마 그때가 가을이라 낮이 짧아져서 더 그렇게 느꼈는지도 모르겠다. 너무 무서운 나머지 "흰둥아! 흰둥아!" 하고 강아지 이름을 애타게 불렀지만 흰둥이는 이미 꼬리를 빼고 도망쳐 보이지 않았다. 막 뛰어내려오다가 꼭 누가 따라오는 것 같아서 무심코 뒤를 돌아봤는데 나무들 사이에 빨간색, 노란색 천들이 바람에 휘날리는 모습이 마치 여자 머리카락 같았다. 그 모습은 너무 무서워서 아직도 잊을 수가 없다.

여차저차해서 산에서 내려온 다음엔 다리가 풀려서 한참 후에서야 겨우 집에 갈 수 있었다.

나중에 경비 아저씨한테 들은 이야기로는 이곳이 원래

다롄의 공동묘지였는데, 하도 외국인들이 많이 들어오니까 시내에는 땅이 없어서 이곳까지 헐어서 아파트를 만들었다고 했다. 내가 기독교인이라서 그런 이야기는 잘 믿지 않는데, 실제로 이런 일을 겪은 이후에는 틈만 나면 가위에 눌리고 이상한 소리를 듣곤 했다.

같은 교회에 다니던 집사님은 같은 아파트 10층에 사셨는데 집이 너무 음산하다며 계약이 다 끝나지도 않았는데 이사를 갔다. 우리 집도 1년만 살고는 바로 다른 곳으로 옮겼다. 정말이지 집터가 중요하다는 것을 새삼 느꼈다.

하얀 발목

고등학교 2학년 봄부터 집 근처 M 패스트푸드점에서 아르바이트를 했다. 주변에는 주택가도 많고 아파트 단지도 많아서 꽤 장사가 잘되는 편이었다. 처음에는 밤 10시에 퇴근했는데, 아르바이트를 하는 도중에 매장 근처로 이사를 오게 되어 새벽까지 일하게 되었다. 마감조로 편성된 것이다.

내가 일하던 매장은 2층 구조로 되어 있는데, 2층 청소를 가장 늦게 했다. 매장 건물 2층에는 병원과 미용실도 있었지만, 밤 9시에 문을 닫고 불을 꺼서 9시 이후에는 2층 복도가 컴컴했다.

그러던 어느 날이었다.

평소 형 동생 하면서 가깝게 지내던 아르바이트 직원과 마감조가 되어 마무리를 하고 있었다. 그런데 2층에서 청소를 하던 그 직원이 하얗게 질린 얼굴로 뛰어내려와 숨을 헐떡였다. 자초지종을 묻자 그 직원은 식은땀을 흘리며 말했다.

"복도에서 발자국 소리가 나요, 형. 근데 그 소리가 점점 가까워져요."

그 직원은 무서워서 더 이상 청소를 하지 못하겠다고 했다. 결국 내가 올라가서 청소를 하기 시작했다. 어두워서 지레 겁을 먹고 혼자 착각했겠거니 생각했지만, 2층에서 빗자루 질을 하다가 복도 쪽을 본 순간 나는 할 말을 잃고 말았다.

사람의 피부색이 아닌, 석고상처럼 하얀 색 머리가 몸통은 보이지 않고 발목으로 이어진 채 복도를 걸어 다니고 있었던 것이다. 나는 못 본 척 하며 버티다가 결국 엄청난 공포에 압도되어 청소를 멈추고 1층으로 도망쳤다.

그 후에 이런 일도 있었다.

우리 매장의 직원 휴게실은 지하 주차장 한편에 마련되어 있었는데 동료들이 밤늦게 혼자 들어가 옷을 갈아입을 때마다 지하 주차장에서 누가 시끄럽게 뛰어다닌다는 것이었다. 나는 말도 안 된다며 손사래를 치고 믿지 않았다. 그 얼마 후, 자재 배송을 시범적으로 새벽에 한다는 말이 들려왔다. 나는 지하 주차장에서 자재를 받으면서 '올 테면 와봐라'라는 생각으로 자재를 창고에 정리하기 시작했다. 마지막 남은 박스를 들며 '뭐야, 아무것도 안 나오잖아. 소리도 안 들리네, 뭘!' 이라고 생각한 순간……

내 눈앞에 푸른색 줄무늬 티셔츠를 입은 어떤 남자의 그림자가 내 몸을 뚫고 지나갔다. 어른들이 하시던 말씀 중에 오금이 저린다는 말을 들은 적이 있는데, 말 그대로였다. 그 그림자가 내 몸을 뚫고 지나가는 순간 다리가 굳고 온몸에 소름이 돋으며 머리카락이 쭈뼛 서는 느낌이 났다. 나는 물건을 정리하는 것도 잊고 매장으로 뛰어 올라갔다.

주방 뒷문 복도에서 여자 매니저에게 방금 겪은 일을 하소연하는데, 갑자기 그 매니저가 "갑자기 소름이 돋게 춥다. 넌 안 그러니?"라고 하고는 팔을 문지르며 주방으로 들어갔다. 그 순간 '혼령들은 자기 이야기를 하면 그곳으로 찾아온다'는 말이 생각났다. 설마 하는 생각에 뒤를 돌아 주방으로 들어가려던 순간, 뒤통수가 짜릿해지고 온몸에 소름이 돋으며 다리가 굳어버렸다. 아까 본 남자의 그림자가 다시 스쳐 지나간 것이다. 나는 그 이후로 대낮에도 주방 뒷문으로는 다니지 않았다.

마지막으로 이상한 일은 지하 주차장에서 일어났다.

지하 주차장 왼편 구석은 정말 둔감한 사람이 가도 오싹하다고 느낄 만큼 으스스한 곳이었다. 그런데 어느 날부터 그곳에 누가 언제 주차해 놓았는지 모를 하얀색 승용차가 방치되어 있었다. 남자의 그림자를 본 곳도 그 왼쪽 구석이었다.

같이 일하는 사람들 사이에서 "그 차 운전석에 사람 머리만 둥둥 떠 있더라.", "발목만 돌아다니다가 그 차 아래로 숨더라." 하는 이야기가 한참 떠돌았다. 하지만 당시 부산에서 올라온 신입 매니저는 세상에 귀신이 어디 있냐고 "이게 다 너네가 피곤해서 그런 거다."라며 우리를 비웃었다.

어느 날, 새벽에 그 매니저가 창고에서 자재 파악을 한

다며 내려갔다. 그리고 5분 정도 흐른 뒤였다. 지하에서
날카로운 비명 소리가 들리고 그 매니저가 마치 혼이 빠져
나간 사람마냥 식은땀을 흘리며 뛰어 올라왔다. 매니저는
물을 한잔 들이키고 두려움에 떨며 말을 이었다.

"있었어……. 머리만……. 그리고 발목이 돌아다녔
어……."

그 매장에서 오래 일하던 사람들끼린 아직도 그걸 추억
거리 삼아 가끔 이야기하기도 한다. 그리고 지금도 그 하
얀 발목은 지하 주차장에서 돌아다닌다고 한다.

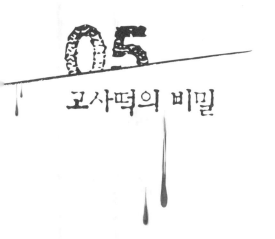

고사떡의 비밀

나는 고등학교를 졸업하자마자 미용실에 취직했다. 그 미용실은 4층 건물에 있었는데, 건물주가 미용실 원장님이었다. 원장님은 미신을 굉장히 믿던 분이라 건물 곳곳에 부적을 붙이고, 1년에 한두 번 고사를 지내거나 했다.

2층이 미용실이었고, 미용실의 수건 등은 옥상에 널곤 했는데, 낮에도 옥상으로 올라가는 계단에 있는 부적들을 보면 기분이 묘해지곤 했다.

그날도 고사를 지내는 날이었다. 나는 모태 신앙으로 어려서부터 성당을 다니고 있어서 고사 지내는 동안 뒤에서 지켜보기만 했다. 물론 절도 하지 않았다. 고사를 지내본 적이 없어서 몰랐는데, 고사가 시작되기 전에 고사떡을 건물 곳곳에 놓아두고 와야 한다고 했다. 직원들 각각이 이곳저곳을 정해서 놓고 오기로 했다. 막내인 내가 맡은 곳은 옥상 바로 아래 3층이었다.

대낮에도 음산한 곳이라 무서웠지만 빛의 속도로 떡을 내려놓고 뛰어 내려왔다. 그런데 고사가 끝나니 각자 떡을 놓고 온 곳에 가서 다시 그 떡을 가져오라는 것이다. 한 번도 무서웠는데 다시 가야 한다는 생각에 다른 사람과 함께 가고 싶었지만 각자 흩어져서 가야 하기에 어쩔 수 없이 혼자 갈 수밖에 없었다.

한 계단, 한 계단, 3층을 향해 조심조심 올라갔다. 그런데 3층에 다 올라서는 순간 내 몸은 얼어붙고 말았다. 도저히 떡을 가져올 수 없는 광경이 눈앞에 펼쳐져 있었다. 내가 놓고 왔던 떡 주위에 형체가 분명하진 않지만 사람들이 우글우글 머리를 맞대고 걸신들린 듯 떡을 먹고 있었다.

내가 다시 떡을 가져가야 모든 절차가 끝나고 집에 갈 수 있었다. 눈을 딱 감고 떡을 집으려고 몇 번을 시도한 끝에 겨우 빼앗듯 들고 내려 왔다.

나중에 들은 이야기로는 그 건물을 지을 때 지하층까지
파놓은 곳에 술 취해 지나가던 사람이 떨어져 죽은 적이
있다고 한다. 그리고 다른 곳에서 들은 이야기지만 미신을
믿고 따르다보면 그곳에는 오히려 귀신들이 모인다고 한
다. 귀신을 보내고자 하는 원장님의 행동들이 오히려 귀신
들을 더 부른 것이 아닐까 생각된다.

세 명이 함께 자면

    4년 전, 갓 입사하여 지방에서 서울로 올라온 나는 하숙집에 살고 있었다. 하숙집은 신촌역과 이대역 사이에 있는 모텔촌 뒤에 위치한 낡은 2층 주택이었다. 하숙집 대문을 열고 들어서서 큰 나무가 있는 마당을 지나 현관문으로 들어가면 나무 계단을 이용해 2층으로 올라갈 수 있었다. 주인집의 2층 베란다 쪽에는 패널과 새시로 만든 쪽방이 있었는데, 2층에서 다시 신을 신고 베란다 쪽으로 나와서 왼쪽으로 돌아서면 입구가 있는 구조였다.

    원래 혼자 살려고 구한 하숙집이었는데, 마침 친구 한 명이 지금 사는 집이 불편하다며 같이 살자고 하여 함께

지내고 있었다. 1인실로 구했던 방이라 둘이 생활하기에는 비좁았다. 우리는 다리를 입구 쪽으로 뻗고 잠을 잤는데, 나는 항상 오른쪽에 누웠고 친구는 왼쪽에 누웠다.

그러던 어느 여름날, 다른 친구 한 명이 서울에 놀러 와서 함께 자게 되었다. 어쩌다 보니 내가 제일 왼쪽에서 자고, 놀러 온 친구가 중간에서 자고, 같이 살고 있는 친구가 원래 내가 자던 오른쪽에 누워서 자고 있었다.

잠을 자다 문득 이상한 기운에 잠을 깼다. 내 머리 뒤쪽 방 밖으로 어떤 투명한 파란빛이 보였다. 자세히 보니 긴 머리를 사방으로 너울거리며 흰 원피스를 입고 있는 어떤 여자가 2층 높이에 떠서 우리를 쳐다보고 있었다. 내가 자기를 봤다는 것을 안 그 여자는 날 쳐다보며 씨익 웃더니, 순식간에 뒤쪽 방문을 열고 들어와서 내 몸 위에 나타났다. 그리고는 그대로 서서히 내 몸 속으로 가라앉기 시작했다.

너무 무서운 마음에 몸을 움직이려고 했으나 말을 듣지 않았다. 꼼짝도 못한 상태로 파랗고 투명한 그 여자가 서서히 내 몸 속으로 겹쳐지며 들어오는 것을 느끼고 있는 수밖에 없었다. 여자가 내 몸에 들어오기 시작하니 그 부분이 서서히 차가워졌다. '이대로 내 몸에 다 들어오면 어떻게 하지?'라고 생각하며 어쩔 줄 몰라 하는 와중에, 갑자기 이 방엔 들어오는 문이 발 쪽에 위치한 방문밖에 없다는 생각이 떠올랐다.

그 순간 영화 필름을 되감기라도 하듯 그 여자가 내 몸에서 휙 밀려났다. 여자는 순식간에 방 밖으로 나가서 처음 공중에 떠 있던 그 장소로 되돌아갔다. 내 머리 뒤쪽에 있던 방문도 감쪽같이 사라졌다.

여자는 찢어질듯 매섭게 눈을 치켜뜨고는 "머리 뒤쪽에 문이 없다는 걸 어떻게 알았지?" 하고 소리치며 내 목을 조르듯이 팔을 뻗었다.

그때 나는 벌떡 일어났는데, 온몸이 사시나무 떨듯 떨리고 식은땀은 뻘뻘 흘러 내렸다. 너무 무서워 어린아이처럼 펑펑 울었다. 함께 자던 친구들이 놀라서 일어났다. 친구들이 안아 주고 달래 주고 원래 내가 눕던 자리에 눕혀 준 다음에야 나는 지쳐서 잠들었다.

그 이후에 그 방에서 잘 때는 절대로 왼쪽에서 자지 않았고, 그 여자를 본 적도 없다.

나중에 다른 친구들한테 이 이야기를 했더니 그중 한 친구가 "삼인침(三人寢)이면 필유견귀(必有見鬼)야!"라고 말하는 것이었다. 내가 무슨 뜻이냐고 물었더니 '세 명이 나란히 누워서 자면 한 명이 귀신을 본다'는 옛말이라고 했다.

무덤까지
나를 인도한 사람

나는 지금 수도권 지역에서 대학을 다니고 있지만, 전라
도 광주에 있는 고등학교에서 고교시절을 보냈다. 내가 다
니던 학교는 광주 안에서도 명문으로 손꼽히는 학교였고,
나는 거기서 기숙사 생활을 했던 이른바 '우등생'이었다.

초조하고 막막하던 고3 시절, 불안감을 이기지 못한 나
는 친구에게서 담배를 배웠다. 처음에는 몇 모금 뻐끔거리
는 정도였지만 금방 중독되어서 거의 골초 수준까지 갔다.

우리 학교에는 '○○동산'이라고 불리는 야트막한 둔덕
이 있는데, 학생들이 담배를 피우고 버린 꽁초가 모여서

산이 되었다는 말이 있을 정도로 담배를 피우는 학생들이 애용하는 장소였다.

새벽 세 시쯤, 사감 선생님은 먼저 주무시고 자습하던 아이들도 하나 둘씩 잠자리에 들어 나 혼자 남았을 때, 갑자기 담배 생각이 간절해졌다. 그래서 나는 몰래 담배 한 개비를 들고 늘 가던 ○○동산 뒤편으로 향했다.

그날 밤은 말 그대로 달빛 한 점 없는 어두운 밤이었지만 나는 누구한테 들킬까 무서워 간간히 라이터 불빛에 의지해 동산 기슭까지 올라갔다. 그리고 늘 그랬던 대로 만족스럽게 담배에 불을 붙이고 한 모금 빨아들이는 순간, 저 멀리 누군가가 내게 손짓을 하는 것이 보였다.

주위가 너무 어두워서 얼굴은 보이지 않고 그냥 손을 까딱거리는 흐릿한 형체만 보였다. 순간 나는 사감 선생님에게 흡연 사실을 들킨 줄 알고 가슴이 덜컹했다. 나는 선생님들 사이에서 흡연과는 거리가 먼 모범생으로 알려져 있었기 때문이었다.

조마조마한 가슴을 억누르며 계속 손만 까딱거리는 사람이 있는 곳으로 걸어갔다. 그런데 그 사람은 마치 자신을 따라오라는 듯 으슥한 곳으로 걸어가 버렸다. 나는 속으로 '아무도 보지 않는 곳에서 때릴 생각인가?'라고 생각하고는 계속 그 사람을 쫓아갔다.

그런데 그 사람은 중학교 건물 근처로 가더니 눈앞에서 스르륵 사라져 버렸다. 나는 그 사람이 어디로 갔는지 몰라서 이리저리 두리번거리다가 내가 엄청난 곳 앞에 서 있는 것을 깨닫게 되었다.

우리 학교에는 학교를 건립한 분을 모신 무덤이 학교 단지 내에 있는데, 나는 바로 그 앞에 있었다. 정신을 차렸을 때 내 눈에 보인 것은 비석과 무덤뿐이었다. 내게 손짓하던 사람은 어디에도 없었다. 나는 혼비백산하여 그대로 기숙사로 달려 들어왔다. 그리고 뜬 눈으로 아침을 맞았다. 혹시나 해서 수위 아저씨나 사감 선생님께 여쭈어 봤지만 그 시간에 돌아다닌 사람은 그 누구도 없었다. 교문도 잠가 놓기 때문에 외부 사람은 더더욱 들어올 수 없었다. 과연 그 어둠 속에서 무덤까지 나를 인도한 사람은 누구인지 알 길이 없었다.

그 후, 나는 담배를 끊었다. 내 의지로 끊었다기보다는 마치 기숙사 내에서 누군가가 계속 나를 주시하고 있다는

생각이 들었기 때문이다. 이건 순전히 나만의 생각이지만,
마치 기숙사 내에 뭔가가 돌아다니면서 내가 담배를 피우
나, 안 피우나 지켜보는 것 같았다.

도깨비의 저주

6년 전, 우리 가족은 사정이 조금 나아져 고양시 변두리에 위치한 신축 빌라로 이사를 가게 되었다. 새로 지은 건물에 단지 수도 많아서 꽤나 입주자가 몰렸던 것으로 기억한다. 하얀색 나무 외벽에 화강암으로 깨끗하게 마감된 건물을 보며 입주할 때 정말 설레었다.

이사를 끝마치고 입주한 지 거의 반 년 정도 지났을 때였다. 동생이 자기 방에서는 무서워서 못 자겠다고 자꾸 내 방에서 자려고 했다. 무슨 일이냐고 자초지종을 묻자 '잘 때 누가 나를 건드리는 것 같다', '누가 자꾸 나를 노려본다'는 식으로 이야기를 해서 어린 동생이 혼자 자기 무서워서 그런가 보다 하고 이해를 했다.

그러고 나서 얼마 후, 택시 운전을 하시는 아버님이 사고가 나서 다치셨다. 가볍게 다치시긴 했지만 정말 뜬금없이 사고가 난 거라 우리도 당황했다. 곧이어 악성 빈혈 진단을 받고 병원을 다니던 막내 외삼촌이 백혈병에 걸렸다는 소식이 들려왔다. 집안은 급속도로 기울어 갔고, 차츰 눈에 띄게 이상한 현상들이 나타나기 시작했다.

집 뒷산에는 물이 맛있기로 소문난 약수터가 있었는데, 그 주변으로 전쟁 때 쓰던 참호들이 빙 둘러 있었다. 약수터에서 멀지 않은 거리에는 사격장도 있었다. 전체적으로 조금 음습하고 무서운 동네였다.

어느 날 새벽, 너무 더워 잠에서 깬 나는 가방에 물통들을 주섬주섬 넣고 약수터로 향했다. 새벽 5시쯤 해가 뜨려고 하늘이 푸르스름하게 변했을 때라 조금 무섭긴 했지만, 산바람이 너무 시원해서 계속 걸었다. 하지만 약수터로 올라가는 중턱에서 나는 가방을 집어던지고 냅다 집으로 달리고 말았다. 커다란 바위 위에 떠 있는 푸르스름한 무언가를 보았던 것이다. 불꽃이지만 차가워 보이는 불덩어리두 개가 둥둥 떠 있었다. 헐레벌떡 집으로 뛰어 와서 주무시던 할머니께 도깨비불을 봤다고 울먹이며 말하자 할머니는 괜찮다고 안아 주셨다.

다음 날, 고모네 식구와 외식을 하기 위해 온 가족이 나가게 되었다. 나가기 전에 불을 모두 *끄고* 문단속을 철저하게 하는 것도 잊지 않았다.

어느덧 시간은 흘러서 오후 7시경이 되었다. 해가 뉘엿뉘엿 질쯤에 집으로 올라가는 언덕 어귀에 도착했다. 갑자기 어머니께서 말씀하셨다.

"집에 불이 전부 켜 있어……. 도둑이라도 들었나 봐."

깜짝 놀란 나는 집으로 달려 올라갔다. 4층까지 단숨에 뛰어 올라가서 문을 연 순간 집은 컴컴한 어둠과 적막함만을 풍기고 있었다. 뭔가 이상한 기운이 내 다리를 감쌌다. 그때 휴대전화로 전화가 왔다. 아버지였다.

"야, 밖에 불이 전부 꺼졌어. 아무도 없는 거야?"

가족들 모두가 집으로 올라와 확인하곤 도깨비에 홀린 것 같다며 무서워했다.

그 이후에도 가족들의 간담을 서늘케 하는 사건들이 끊

임없이 일어났다. 동생이 꿈에서 본 적도 없는 괴상한 여자에게 쫓기며 가위에 눌리기도 하고, 가족들 전부가 보는 앞에서 하얀색 사람 그림자가 바닥에서 천장으로 휙 하고 올라가기도 하고, 집에 나 혼자 있을 땐 저절로 방문이 삐걱삐걱 움직이기도 하고, 그릇이 달그락거리기도 하고, 아무도 없는데 발소리가 나기도 하고……

가세는 점점 기울어 하루하루 먹고살기가 힘들어질 정도까지 갔다. 외삼촌께서도 돌아가셔서 집안 꼴이 말이 아니었다. 우리는 아픈 기억만 남아 있는 집을 버리고 다른 곳으로 이사를 했다. 이사할 때 부모님이 다니던 절의 스님의 말에 따라, 집안 곳곳에 고춧가루를 봉투에 묶어 매달아 놓고 부적도 붙여 놓았다. 그리고 얼마 후 그런 문제를 잘 아는 지인이 말했다.

"그 집, 도깨비 터다."

"네?"

"너희 이사 갔을 때 팥죽이나 메밀묵 안 놔뒀냐?"

이야기를 들어 보니, 원래 그 동네 뒷산은 산도깨비들이 살던 터라고 했다. 그 집을 지을 때 산을 무너뜨렸기 때문에 도깨비들이 화가 나서 입주자들을 괴롭혔다는 것이다. 실제로 그 집에 입주한 사람들은 모두 사건, 사고를 하나씩 당한 뒤 도망치듯 다른 곳으로 이사갔다.

메밀묵을 놔서 도깨비를 위로하거나, 팥죽을 뿌려 도깨비를 쫓거나 했으면 아마 집안일이 더 잘되거나, 별 탈 없이 살다 나왔을 것이라는 소리도 들었다.

아직도 우리 가족은 그 집 이야기는 꺼내지 않는다.

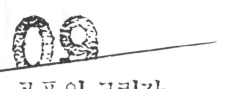

공포의 그림자

10년 전, 내가 중학생 때 겪은 일이다.

부산에서 살다가 천안의 아파트로 이사를 오게 되었는데, 부산의 낡은 빌라에서 벗어나 깔끔한 아파트로 옮기게 되어 많이 들떠 있었다. 무엇보다 득실거리던 바퀴벌레에서 해방된 것이 가장 기뻤다.

아파트의 위치는 4차선 도로에서 오른쪽 샛길로 800미터 가량 들어오면 보이는 논밭 한가운데에 있었고, 총 네 동에 각 동마다 23층까지 있는 복도식 아파트였다.

우리 집은 복도 끝이었다. 집 구조는 현관을 중심으로

왼쪽에 내 방, 오른쪽으로 누나 방, 복도를 지나치면 왼쪽으로 거실, 오른쪽으로 응접실, 정면으로 안방, 응접실 끝부분에 욕실이 있었다.

아파트로 이사 와서 며칠 되지 않았을 때였다. 당시 중학생이던 나는 하교 후에 조금 놀다가 집으로 오면 6시 정도였고, 어머니와 아버지는 일이 끝나고 8시쯤에 돌아오셨다. 누나는 고등학생이어서 밤 10시가 넘어서야 집에 돌아왔다.

6시쯤 내가 집에 도착해서 현관문 앞에 섰는데 집 안에서 인기척이 났다. 사람들 말소리가 웅얼웅얼 들리는가 하면 방문을 열고 닫는 소리와 발자국 소리가 들리기에 나는 부모님이 오늘은 일찍 돌아오셨구나 하는 생각에 열쇠를 찾았다.

그날따라 열쇠가 어디 있는지 주머니를 다 털어도 보이지 않았다. 혹시 잃어버린 것이 아닌가 하는 불길한 생각에 어깨에 멘 가방을 벗어서 탈탈 털자 온갖 잡동사니와 함께 찰그랑거리며 떨어지는 열쇠 소리가 들렸다. 재빨리 바닥에 쏟아진 잡동사니들을 도로 가방에 쑤셔 넣고 열쇠를 돌렸다.

그런데 나를 반긴 것은 캄캄한 어둠과 정적뿐이었다. 순간 발끝부터 머리끝까지 모든 털이 곤두서는 느낌이 들었다. 팔에 돋아난 소름을 문지르며 현관에서부터 재빨리 불을 켜고 들어갔다. 화장실까지 집안의 온갖 전등을 다 켜고 텔레비전 볼륨을 크게 올려 놓아도 불안해서 부모님이 오실 때까지 벌벌 떨어야만 했다.

그 뒤로도 종종 집에 들어가기 전에 인기척을 느꼈지만 실제론 아무도 없는 상황을 겪었다. 나중에는 일부러 인기척을 무시하고 집에 들어가기 전에 큰 소리로 노래를 부르기도 했다.

그러던 8월의 어느 날이었다.

유난히도 더운 여름밤이었다. 당시 우리 집에는 에어컨이 없어서 나는 방문을 활짝 열어 놓고 자는 습관이 있었는데, 그렇게 방문을 열어 놓고 열린 방문 쪽으로 머리를 두고 잠을 청하고 있었다. 그날따라 왜 그렇게 잠이 오지 않던지 한참을 뒤척이던 순간 거실 쪽에서 어떤 소리가 들렸다.

스윽…… 스윽…… 스윽…… 스윽…….

긴 옷자락이 바닥에 끌리는 소리였다. 소리는 커졌다가 작아졌다가를 반복했다.

당시 집의 거실에 탁자가 하나 있었는데, 누군가 그 탁자 주위를 맴돌고 있는 소리였다. 나는 '엄마나 누나가 깨어서 돌아다니나?' 하고 생각했다. 잠도 안 오는 차에 물이나 마시려고 일어나려던 순간, 그 소리가 어쩐지 이상하다는 생각이 들었다. 사람의 옷자락이 끌리는 소리라면 발바닥 소리도 들려야 했다. 여름인지라 맨발로 장판 바닥을 밟으면 쩍쩍 하고 발바닥 소리도 함께 나야 할 텐데 그 소리가 나질 않았던 것이다. 잘 시간에 양말을 신고 있을 리는 없으니 그 소리가 함께 들려야 정상이었다.

생각이 거기에 이르자 엉거주춤 일어나려던 자세 그대로 굳어 버렸다. 옷자락 소리는 계속 들리는데 방문은 활짝 열려 있었다. 순간 더위가 싹 달아났다. 그대로 아주 천천히 자세를 되돌리고 발치에 팽개쳐져 있던 이불을 조금씩 끌어당겼다. 머리끝까지 이불을 뒤집어 쓴 채로 귀를 틀어막고 공포에 떨며 밤을 지새웠다.

아침에 일어나자마자 어머니와 누나에게 물었지만 밤중에 돌아다닌 사람은 아무도 없었다. 그날 아침 나는 그때까지 있었던 일들을 부모님께 이야기했다. 묵묵히 듣고 계시던 어머니가 꺼낸 말은 또 다시 나를 두려움에 떨게 만들었다.

요즘 어머니께서 주무실 때 항상 비슷한 악몽을 꾸는데, 꿈에 어머니와 아버지가 자고 있으면 누군가 안방 문을 열고 들어오려고 한다는 것이다. 한 사람이 아니고 여러 사람이 문을 열고 들어오려고 하자 어머니는 들어오게 하면 큰일 나겠다 싶어 온몸으로 문을 지탱하며 비집고 들어오려는 사람들을 밀어내면서 사투를 벌인다고 하셨다. 그러다 보니 잠꼬대로 욕도 하고 어머니가 휘두르는 팔에 아버지가 맞아서 깨어나는 경우도 많았다. 하지만 그런 이야기는 "몸이 허약해서 그렇지."라는 아버지의 한마디에 묻히고 말았다.

이런저런 일이 자주 있었지만 이사 온 지 얼마 되지 않아 은행 융자도 남아 있는 터라 무시하고 살기로 했다. 그러던 어느 날 내 생애 처음이자 마지막으로 가위에 눌렸다.

나는 보통 잠을 자면 똑바로 누워서 천장을 보고는 절대로 못 잔다. 반드시 옆으로 돌아누워야 잠을 잘 수 있는데, 한밤중에 눈을 떠 보니 큰 대 자로 양팔과 다리를 벌리고

천장을 바라보고 있었다. 눈을 뜨고 멍하니 있으려니 몸이 움직이지 않는다는 것을 알게 되었다.

'아! 이게 가위에 눌리는 것이구나' 하고 생각하면서 이리저리 용을 써 봤지만 소용이 없었다. 그렇게 한참을 씨름하는데 문득 왼쪽에 있는 의자가 눈에 들어왔다.

컴퓨터 책상의 회전의자가 살짝 빠져나와 내 쪽으로 정확하게 돌려져 있었다. 누군가 앉아서 바라보고 있을 때만 나오는 위치와 각도였다. 의자가 그렇게 무섭기는 그때가 처음이었다. 더구나 누군가가 앉아서 움직이는 것처럼 살짝씩 흔들리기까지 했다.

온갖 비명과 악을 지르려 했지만 목소리도 나오지 않고 몸도 움직이지 않았다. 그렇게 지옥 같은 시간을 지내다 어느새 정신을 차려 보니 아침이었다.

그 후에도 여러 차례 이상한 일이 있었고, 결국 내가 그 집에서 계속 살면 가출하겠다고 떼를 쓴 덕에 지금 살고 있는 집으로 급하게 이사하게 되었다. 지금 사는 집에서는 예전의 그 집에서 경험했던 일은 더 이상 일어나지 않았다.

아직도 그때를 생각하면 아찔하다. 그 집에는 지금 누가 살고 있을까?

7호 라인의
화장실 귀신

고등학교 3학년 때니 15년 전에 겪은 일이다. 15년이란
세월이 흘렀지만 아직도 이 이야기를 할 때마다 소름이 끼
치고 두렵다.

당시 우리 가족은 경기도 광명 소재의 주공 아파트에 살
고 있었다. 그 아파트는 복도식으로, 엘리베이터에서 내리
면 좌우로 긴 복도가 있고 그 복도에 집들이 옹기종기 붙
어 있는 모양새였다. 우리 집은 3층 7호, 엘리베이터에서
내리면 왼쪽 첫 번째 집이었다.

우리 집은 직사각형 구조인데, 현관문을 열면 바로 오른쪽에 내 방이 있었고, 내 방을 지나면 거실 겸 부엌, 다시 거길 지나면 현관문 맞은편에 미닫이문이 달린 안방이 있었다. 거실 겸 부엌에는 왼편으로 싱크대가 있고 맞은편인 오른쪽 벽에 식탁이 있었다. 식탁을 중심으로 오른쪽에 있는 문은 세탁실이었고 왼쪽에 있는 문은 화장실이었다. 우리 집 식구들은 좁은 집에 살다보니 갑갑해서 집안의 모든 문을 열어 두곤 했다.

당시 나는 미술대학 지망생이라 수능시험을 마치고, 실기 시험 준비가 한창이었다. 꼭두새벽에 미술학원에 가서 하루 종일 그림을 그리다 자정이 넘어서야 겨우 집에 들어올 수 있었다. 그러니 당연히 피곤에 찌든 상태가 계속 되었다. 하기야 건강하고 기력도 좋았다면 그런 일이 내게 일어나지는 않았을 것이다.

그날도 하루 일과를 마치고, 집에 돌아와 다음 날을 준비하며 물감을 정리하고 있었다. 매일매일 정리해 두지 않으면 다음 날 그림 그릴 때 시간을 많이 뺏기기 때문이었다. 식구들은 모두 자러 가고, 나 혼자 식탁에 물감들을 펼쳐 놓은 채 굳어가는 것은 없는지, 색은 아직 양호한지 확인하고 있었다.

마지막으로 시계를 본 것이 12시 30여 분, 다시 고개를 물감 쪽으로 돌리는데 왼편에 있는 화장실 문 쪽에서 이상한 것이 보였다.

문 발치의 밑바닥에서 손이 하나 살며시 떠오르더니 벽을 잡는 것이 보였다. 나는 꼼짝하지 못한 채 내 눈을 의심했다. 잠시 후, 조금 위쪽에 다른 손이 하나 나오더니 다시 벽을 잡았다. 그리곤 꽤 예쁘장하게 생긴 여자가 벽 뒤에서 얼굴을 내밀더니 나를 똑바로 노려보았다. 그 눈빛이 마치 '이 집에는 누가 사나?' 하고 들여다보는 느낌이었다.

너무 무서우면 사람이 이상해지는지, 나는 비명도 못 지르고 그대로 자리에서 일어섰다. 그리고 화장실 문앞을 그대로 지나쳐 안방으로 뛰어들었다. 언니가 고3이라고 방해될까 부모님과 안방에서 자고 있었던 동생을 지나 엄마 · 아빠 사이를 비집고 들어가 이불을 머리 꼭대기까지 뒤집어썼다. 정신을 잃은 건지 잠이 든 건지 그 다음은 생각이 나지 않는다.

정말 이상한 것은 그 다음 날 아무것도 기억하지 못했다

는 것이다. 물감이 어질러져 있었으면 간밤의 일이 기억났을 텐데, 일찍 일어나신 엄마가 식탁 위에 어질러진 물감들을 이미 치워 놓으셨고, 나는 그대로 아무 일도 없었다는 듯 하루 일과를 다시 시작했던 것 같다.

그렇게 시간이 흘러 나는 대학생이 되었다. 그때 엄마는 성당에 열심히 다니셨는데, 성당에서는 신자들의 친목을 도모하기 위해 아파트 동별로 모임을 꾸리고 있었다. 어느 날 모임에 다녀오신 엄마께서 말씀하시길 207호에 사는 아주머니께서 신부님을 붙잡고는 못 살겠다고 하소연을 하더라는 것이다. 집안에 귀신이 있는 것 같은데, 밤에 자려고 누우면 침대 머리맡에 와서 소곤대고, 때론 곡을 하며 울기도 하고, 자다가 눈을 뜨면 코앞까지 와서 얼굴을 들여다보고 있다면서 아주 무서워서 못살겠다고 하시더라는 것이다. 그 말을 전하면서 엄마는 신자가 그렇게 믿음이 없어서 되겠냐고 혀를 차셨다.

그 순간 1년여 가까이 잊고 있었던 기억이 한순간에 밀려왔다. 온몸의 털이 곤두서는 느낌이라는 것이 무언지 알 수 있었다. 머리를 한 대 얻어맞은 것처럼 스스로에게 충격을 받은 내가 엄마에게 말했다.

"엄마, 그 사람 혹시 여자 아니야?"

"어."

"생머리로 단발보다 조금 길고……. 얼굴이 하얗고 입술이 유난히 빨간 여자?"

"어, 너 그걸 어떻게 알아……?"

"엄마, 나도 본 것 같아……. 우리 집에서."

그 순간 엄마는 충격을 받으셨는지 한동안 몸이 굳은 채 말이 없으셨다. 다시 자세히 그 이야기를 들어본 결과 그 여자가 밤에 화장실에서 나와 온 집안을 돌아다닌다는 것이었다. 그 집은 207호, 우리 집은 307호. 같은 라인이라 화장실의 위치는 같았다. 즉, 우리 화장실 아래는 그 집 화장실이라서 그 집에서 그대로 올라온 것이라면 내가 봤던 모든 게 맞아떨어지는 상황이었다.

더 놀라운 것은 그 집과 우리 집만이 아니라 위층인 407호에 사는 아주머니도 그 여자 때문에 속앓이를 하고 계셨다는 사실이었다. 그 아주머니도 같은 성당 신자인데, 밤에 일을 마치고 돌아오면 그 여자가 복도에서 기다리고 섰다가 따라붙는다고 했다. 집에 뛰어들어 현관문을 닫아도 그대로 따라 들어오는데, 무서워서 본 척도 못하고 돌아보지도 못하고 그저 기도문만 외우신다고 하셨다.

기억을 되짚어 보면 그 여자를 본 느낌은 살아 있는 사람을 보는 것과는 사뭇 달랐다. 살아 있는 사람은 만지면 만져질 것 같은 실체가 느껴지는데 그 여자는 눈, 코, 입 얼굴 생김새가 또렷이 보이기는 했지만, 만지면 그저 손이 쑥 통과할 것 같은 느낌이었다. 마치 반투명하고 실체가 만져지지 않을 느낌이었다.

그 당시 우리 집은 이미 이사 날짜를 잡아 놓은 상황이었다. 그러나 그리 멀리 가는 것은 아니었고 같은 동 8층 2호였다. 그나마 같은 동에서 가장 멀리 떨어지니 다행이라고 생각했다. 하지만 지금 뒤돌아보면 TV가 혼자 꺼지고 켜지거나, 가스불이 갑자기 꺼지는 등의 현상이 있었다. 지금은 심령 현상이라고 생각하지만, 당시에는 좀 섬뜩하고 무섭긴 해도 그냥 오작동이라고 생각하고 넘어갔다. 어쩌면 그저 오작동이라고 믿고 싶었던 것인지도 모르겠다. 여하튼 새로 이사 갈 집을 구할 때까지 머물면서 직접 그 여자를 다시 본 일은 없었다.

나중에 이야기를 듣기로 207호 아주머니는 이사 나갈

때까지 정신과 치료를 받으셨고, 407호 아저씨는 갑작스레 암에 걸려 돌아가셨고 한다. 우리 집은 가정불화가 끊이지 않았고, 겨우 평수 넓혀서 이사 왔건만, 부모님 하시는 일이 잘 안 되어 결국 망하다시피 해서 아주 작은 집으로 다시 이사를 가게 되었다. 더욱 무서웠던 것은 이 모든 일들이 겨우 1~2년 안에 일어났다는 것이다.

사실 그때 일을 생각하면 지금도 무섭다. 15년이나 흘렀는데도…….

가로등 불빛이 꺼지면

직장 생활로 한창 바쁠 때의 일이다. 내가 일하던 분야가 야근과 밤샘 작업이 많아서인지 유난히 귀신을 보았다는 사람이 많았다. 나 역시 그런 생활을 오래 해서인지 몸이 허약해져 있었고 가끔 가위에 눌리기도 했다.

그러던 어느 날, 늦게 퇴근을 해서 집으로 귀가하던 길이었다.

아직 가게들은 열려 있을 시간이라 그리 무섭지는 않았다. 다만 집으로 이어지는 마지막 골목으로 들어서면 약 30미터 가량 인적이 드문 곳이 나오기 때문에 바로 집 앞인데도 늦은 밤이면 약간 오싹한 기분이 들었다.

그 오싹한 기분은 어떤 눈에 보이지 않는 존재에 대한 것은 아니었다. 가끔 이 골목에서 여자 비명소리와 함께 도망치는 발자국 소리가 들렸기 때문에 순전히 남성에 대한 공포심이었다.

나는 누군가 있는 것은 아닌지 두리번거리며 그 골목에 들어섰다. 다행히 길 중간에 있는 가로등 아래에 서 있는 여자 한 명 외에는 아무도 없었다. 해를 끼칠 사람이 없다는 사실을 알게 되자 안도가 되었는지 나는 빠른 걸음으로 그 여자가 있는 곳까지 걸음을 옮겼다.

그런데 그 여자의 뒷모습이 조금 이상했다. 긴 머리가 허리까지 내려왔는데, 머리카락으로 가려진 목은 어깨의 위치를 봤을 때 정상적이었으나 허리가 기이할 정도로 길었다. 게다가 내가 그곳으로 걸어갈 때까지 그 여자는 한 걸음도 움직이지 않고 그 자리에 우두커니 서 있었다.

좀 더 다가가는 순간 가로등이 꺼졌다. 그리고 건너편 가로등에 불이 들어왔다. 거기까진 이상할 것이 없었다. 시간에 따라 이쪽과 저쪽 가로등은 교대로 꺼졌다 켜졌다

반복하기 때문이었다.

하지만 놀라웠던 것은 이쪽 가로등 아래의 여자가 어느새 저쪽 가로등 아래에 아까 그 모습 그대로 서 있었다는 것이다. 처음에는 '내가 잠깐 딴 생각을 한 사이에 옮겼나?' 하고 생각했지만, 그녀에게 가까이 다가갈수록 뭔가 이상하다는 생각이 들었다.

'왜 움직이지 않는 걸까?' 갖가지 생각들이 머릿속에서 빙빙 돌기 시작했다. 그녀가 산 사람이 아닐지도 모른다는 생각이 떠올랐다. 좁은 골목이라 이미 여자의 옆을 지나가야 되는 순간이었고 나는 무서워서 두 눈을 질끈 감았다. 그런데 코끝을 통해 느껴지는 향기가 나를 몸서리치도록 오싹하게 만들었다.

그것은 제사를 지낼 때 맡을 수 있는 진한 향 냄새였다.

나는 뛸 수밖에 없었다. 뒤도 돌아보지 않고 뛰어 집에 도착하자마자 미친 듯이 문을 두드렸다. 그날따라 문 열어 주는 것이 얼마나 느리게 느껴지던지. 겨우 엄마가 나와 문을 열어 주는 것을 보고 안도의 한숨을 쉴 수 있었다. 집안으로 걸음을 옮기며, 아까 그 여자가 궁금해 조심스레 뒤를 돌아 봤다. 가로등 아래에는 아무도 없었다. 눈을 비비며 몇 번을 확인해도 마찬가지였다. 하지만 코끝에 어른거리는 향 냄새는 그대로였다. 식은땀이 비오듯 흘러 내렸다.

대체 그녀는 무엇이었을까?

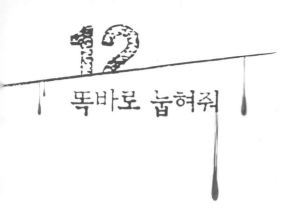

똑바로 눕혀줘

고등학교 때 어느 친구가 자신의 친척 언니가 경험한 일이라며 들려준 이야기이다.

친척 언니는 20대 직장인이며, 한 대문에 여러 집이 있는 다세대 주택 1층에서 자취했다고 한다. 그 언니는 아침 일찍 나가서 밤늦게나 들어오는 터라 이웃들과는 거의 마주칠 일이 없었다.

하루는 밤에 일을 마치고 돌아오는데 불 켜진 2층에서 어떤 아주머니가 통곡을 하는 소리가 들렸다. 무슨 일이 있나 가보고 싶었지만, 실례일 것 같기도 하고 너무 피곤한 상태라서 그냥 집에 들어가 바로 씻고 잠자리에 들었다. 그런데 그날따라 잠을 깊게 들 수가 없었다.

이리저리 뒤척거리다가 문득 눈을 떴는데 그 순간 가위에 눌린 듯 꼼짝할 수 없었다. 그때 천장 쪽을 보니 어떤 할머니께서 화난 표정으로 그 언니를 노려보고 있었다. 언니는 무서워서 있는 힘껏 발버둥을 쳤고 가위에서 풀렸다. 그리고 나서 밤새 뜬눈으로 지새우다가 결국 한잠도 못자고 출근을 했다.

다음 날 지친 몸을 이끌고 집으로 돌아오는데 그날도 2층에 불이 켜 있고 또 다시 아주머니의 울음소리가 들렸다. 그 언니는 잠을 못잔 탓에 너무 피곤해서 그날도 그냥 집에 들어갔다. 잠자리에 들었는데 또 가위에 눌렸고 천장에서 그 할머니의 화난 얼굴이 보였다.

다시 있는 힘껏 발버둥을 쳐 가위에서 풀리자 언니는 윗집 아주머니가 우는 것도 그렇고 뭔가 이상하다 싶어 2층으로 올라가 문을 두드렸다.

조금 후에 어떤 아주머니가 부은 눈을 비비며 나오더니 반갑게 맞아 주었다. 언니는 아주머니에게 무슨 일이 있느

냐고 물어보려 했다. 그런데 순간 멈칫하고 말았다.

아주머니 뒤쪽으로 사진이 걸려 있었는데, 언니를 괴롭혔던 바로 그 할머니였던 것이다.

아주머니한테 물으니 자기 어머님이신데 앓아온 병이 있었지만 병원비가 없어 집에서 모시다가 이틀 전에 돌아가셨다고 했다. 그 옆에는 관이 하나 있었는데 연락되는 가족도 없고 장례비가 만만치 않아 별 수 없이 집에서 장례를 치르고 있었다고 했다.

언니는 할머니께서 밤마다 아주 화난 표정으로 자길 내려다본다고 아주머니에게 말했다. 아주머니는 무슨 일인가 하더니 혹시나 해서 할머니께서 누워 계신 관을 열어 봤다. 그런데 곱게 누워 계셔야 할 할머니께서 관이 뒤집힌 것처럼 누워 계셨다. 엎드려 누워 계셨던 것이다.

아주머니는 화들짝 놀라 다시 할머니를 바르게 눕혀 드렸는데, 그때 할머니의 얼굴은 약간 눌려 있는 상태였고 마치 화가 난 모습이었다.

후에 그 언니는 혼자서 장례를 치르는 아주머니를 안쓰럽게 생각하여 같이 장례를 치르고 삼일제도 함께 지냈다고 한다. 그리고 그 후에는 할머니의 모습이 다시 보이지 않았다고 한다.

할아버지가 하고 싶었던 말

2003년 봄.

계속된 사업 실패로 점점 작은 집으로 이사를 다니던 시절이었다. 결국 남은 돈을 다 털어서 작고 낡은 아파트를 샀다.

그 아파트 단지에는 5층 건물 세 동이 있었는데, 지은 지 20년도 넘은 오래된 아파트였다. 못난 자식이 사업을 한다면서 어머님으로부터 돈을 가져가 놓고는 갚아 드리지 못해서 너무 죄송스러웠다. 그래서 어머님을 편히 모시려는 마음으로 남은 돈을 털어 아파트를 구입한 것이다.

이제는 사업 한다고 불효하는 짓은 그만두겠다고 결심하고 지인을 통해 대구에 있는 회사에 취직을 하기로 했다. 그래서 더욱 어머님께 죄송했다. 곁에서 모시지 못한다는 마음에.

아파트로 이사를 하던 날, 전 주인이 남기고 간 물건들을 치우고 도배도 다시 하고 새롭게 꾸미고 나니 칙칙한 아파트 외관과는 달리 내부는 산뜻해 보였다. 방과 방 사이에 욕실이 있었는데 욕실에는 창문이 없었다. 대부분 아파트의 욕실 벽은 타일로 되어 있는데 이 집의 욕실은 벽, 천장 모두가 캡슐처럼 플라스틱으로 되어 있었다. 환풍기도 창문도 없는 독특한 구조였다. 원래 옛날 건물은 다 이런가 보다 하면서 대수롭지 않게 넘어갔다.

아들이 타지에서 혼자 고생한다고 걱정하시는 어머님을 뒤로하며 대구로 내려갔다. 2주 후 어머님을 뵈러 갔는데, 어디 아프신 분처럼 얼굴이 안 좋아 보였다. 편찮은 곳이 있냐고 물어도 없다 하셨지만 걱정스러웠다.

우리 집은 요크셔테리어 네 마리와 시추 한 마리를 키웠다. 홀로 계신 어머님은 그 개들을 정말 사랑스러워 하셨다. 그런데 이사하고 내가 대구로 내려간 그날 밤부터 개들이 새벽 1~2시만 되면 짖기 시작했다고 한다. 한밤중에 개들이 짖는 통에 어머님께서 자주 밤잠을 설치셨다는 것이다. 다섯 마리의 개가 방에서 거실로 거실에서 방으로 계속 돌아다니면서 짖기를 30여분 정도, 그것도 매일 같은 시간에 반복적으로 짖었다고 한다. 어머님께서는 이웃 주민들한테 행여 피해가 될까 싶어 달래도 보고 혼내도 보고 했지만 소용이 없었다고 한다.

매일 밤 잠도 못자고 해서 어머님은 많은 스트레스를 받으셨다. 평소에는 어머니를 정말 잘 따르고 순한 개들인데 왜 그러는지 이유를 알 수 없었다.

그러던 어느 날, 마침 내가 그 집에서 자던 날이었다. 한창 곤하게 자고 있는데 어머님이 나를 깨우셨다. 나는 순간 '또 개들이 짖나?'라는 생각에 눈을 떴는데 어머니께서 욕실에서 무슨 소리 못 들었냐고 물으셨다.

나는 아무 소리도 못 들었다며 열린 방문 사이로 시선을 던졌다. 그런데 눈에 시퍼렇게 불을 켠 개들이 욕실 쪽을 바라보며 으르렁거리고 있었다.

거실 불을 환하게 켜 놨는데도 개들의 눈이 시퍼렇게 빛나고 있었다. 욕실 문을 열고 확인을 했지만 아무 이상이 없었다. 어머님께 무슨 소리를 들으셨냐고 여쭤 보니 욕실 쪽에서 천장을 부수는 듯 '꽝 꽝 꽝' 하는 세 번의 소리가 났다고 하셨다. 하지만 비교적 잠귀가 밝은 축에 속하는 나는 전혀 그런 소리를 듣지 못했다. 나는 놀란 어머님과 개들을 진정시키고 다시 잠자리에 들었다. 마음 한구석에 남아 있는 찜찜한 기분을 떨쳐낼 수 없었으나 워낙 피곤해서 그런지 곧 잠이 들었다.

다음 날 어머님과 마트에 장을 보러 갔다. 장을 보고 집으로 와서 현관문을 여는 순간 어머님과 나는 놀라지 않을 수 없었다. 개들이 욕실 쪽 벽지를 모두 찢어 놓은 것이다.

강아지 때부터 지금까지 키우면서 이런 적은 한 번도 없었다. 어머님께 야단을 맞은 개들은 모두 자기들 집에 격리되었고 나는 이사할 때 도배하고 남은 벽지를 꺼내 보수를 했다.

그날 밤 나는 오랜만에 온라인 게임을 했다. 늦은 밤까지 한참 게임에 열중하는데 거실 쪽에서 개들이 으르렁거리는 소리가 들렸다.

순간 이상한 느낌이 들었고, 이윽고 '꽝 꽝 꽝' 하는 소리가 났다. 그 소리를 듣는 순간 정말이지 기절하는 줄 알았다.

나는 방문을 열고 불이 꺼진 거실 저편에서 짖고 있는 개들의 시퍼런 눈동자를 보았는데, 개들의 시선은 모두 욕실 쪽을 향하고 있었다.

잠에서 깬 어머님도 방에서 나오시며 말씀하셨다.

"방금 그 소리, 너도 들었지?"

나는 욕실 불을 켜고 문을 열어 봤다. 하지만 아무것도 발견할 수 없었다. 어머님은 무서워서 못 살겠다고 하셨고 결국 우리는 거실에서 함께 선잠을 잤다. 나는 건물이 낡아서 그런 소리가 들릴 수도 있을 것이라는 말로 어머니를 안심을 시키고 직장이 있는 대구로 내려갔다.

대구로 내려온 뒤로 저녁마다 어머님과 통화를 하면서 안심을 시켜 드렸으나 마음 한구석은 무거웠다. 결국 나는 어머님과 함께 지내기 위해 대구의 회사를 그만두고 집으로 올라왔다.

어머님과 그 괴상한 소리에 대해 상의를 하고 있을 때였다. 그런데 바로 그때 '꽝 꽝 꽝' 하는 소리가 들렸다. 이번에는 대낮인데도 그 소리가 났다. 순간적으로 나와 어머님은 놀란 눈으로 서로를 쳐다보며 얼어붙었다. 개들은 요란하게 짖어대고 있었다.

당장 무슨 수를 써야지 안 되겠다 싶었다. 하지만 아파트를 판다 한들 그 돈으로 새집을 얻을 수는 없었다. 하는 수 없이 잘 아는 선배에게 욕실 수리를 부탁해서 그 캡슐을 뜯어내고 방으로 만들었다. 그리고 베란다를 욕실로 개조했다. 욕실이었던 방은 애견들 방 겸 수납공간으로 사용하기로 했다.

공사가 끝난 며칠 후, 어머니께서 새롭게 알게 된 이웃 아주머니로부터 이 집에 관한 숨겨진 이야기를 들으셨다. 이 집에는 금슬 좋은 노부부가 살았는데 할아버지가 먼저 돌아가시고 할머니 홀로 사셨다고 한다.

49제가 지나고 어느 날부터 '꽝 꽝 꽝' 하는 소리가 났다. 할머니 혼자 계실 때는 욕실 뿐만 아니라 방, 거실, 천장에서도 그 소리가 났다고 한다. 할머니는 그 소리에 신경쇠약에 병까지 얻어 결국 자식들이 사는 곳으로 가셨고, 그래서 시세보다 싸게 이 집이 나왔다는 것이었다.

그 이야기를 듣고 있자니 나는 우리가 그 집으로 이사하기 전날 일이 떠올랐다. 이사를 앞두고 장판을 교체하려고 안방의 장판을 들어 올릴 때 한 장의 흑백 사진이 나왔었다. 얼룩지고 빛바랜 사진 속에는 할아버지의 얼굴이 있었다. 하지만 그때 나는 아무 생각 없이 사진을 쓰레기 봉투에 버렸다.

지금 생각해 보면 그때 그 괴상한 소리는 홀로 계신 할머니를 자식들 곁으로 보내기 위한 죽은 할아버지의 신호가 아니었을까 하는 생각이 든다. 그리고 나에게도 홀로 계신 어머님 곁에 있으라고 꾸짖은 것이 아니었을까.

어쨌든 내가 어머님과 함께 지내기로 한 뒤로는 그 소리를 단 한 번도 들을 수 없었다.

버려진 집

대학교에서 겪은 일이다.

지방에 있는 학교들이 대부분 그렇듯이 우리 학교는 주변에 산이 많았다. 산이라고 하기에는 낮고, 언덕이라고 하기에는 높은 그런 애매한 높이의 산들이다. 그리고 그런 산 속에 폐가가 하나 있었다.

그 폐가는 학생들 사이에서 유명한 곳이었는데, 선배들도 잘 알고 있었다. 선배들로부터 그 폐가에 얽힌 이야기를 들었던 나와 친구는 여자임에도 불구하고 왠지 가보고 싶다는 호기심이 생겼다. 선배들은 가고 싶어도 절대 가지 말라고 했지만, 가지 말라고 하니까 더 가고 싶은 마음이 들었다. 혹시 어떤 일이 생길지 몰라서 남자 동기를 한 명 데려 가려고 했지만, 웬일인지 함께 가겠다고 나서는 사람이 없었다. 그래서 할 수 없이 둘이서 폐가로 향했다. 지금 생각하면 어디서 그런 용기가 생겼는지 모르겠다.

그날은 토요일이었는데, 가는 날이 장날이라고 그날따라 비가 내렸다. 폐가까지 차를 타고 가는데, 사실 면허 딴지 2개월밖에 안 된 친구의 운전 실력이 더 무서웠다. 여하튼 언덕을 조금 오르다 보니 폐가가 나왔다.

우리는 서로 눈치를 보다가 함께 집안으로 들어갔다. 방도 없고 낡은 마루만 보였다. 안에 들어가서 준비해 간 초에 불을 붙였다. 거미줄이 사방에 있는 것으로 보아 사람들이 왔다간 흔적이 없어 보였다. 집이 넓기는 했지만 가구고 뭐고 아무것도 없어 썰렁한 느낌이었다.

허무한 마음에 친구랑 몇 마디 말을 나누고 그냥 나가려고 했다. 바로 그때 바람이 불지도 않는데 갑자기 촛불이 확 꺼졌다. 우리는 순간 당황해서 서로를 부둥켜안고 주저앉았다. 놀란 마음에 1분 정도 그렇게 앉아 있었는데, 구석에서 부스럭부스럭 소리가 났다.

친구와 나는 너무 무서워서 다리가 후들후들 떨리는데도 서로를 의지해서 억지로 일어섰다. 친구가 주머니에 있던 라이터를 켜서 소리가 나는 방향을 살폈다. 순간 우리는 온몸에 소름이 돋고 머리카락이 쭈뼛 설 정도로 너무나 깜짝 놀랐다.

그곳에는 머리를 풀어헤친 여자가 구석에 웅크리고 앉아있었다. 분명 들어왔을 때는 아무도 없었는데, 그 여자는 우리 쪽으로 등을 돌린 채, 쌀 단지 속으로 손을 넣어 긁고 있었다.

우리는 겁에 질린 나머지 누가 먼저랄 것도 없이 으아악 비명을 지르면서 그 집을 뛰쳐나왔다. 왜냐하면 우리가 소리를 지르는 순간 그 여자가 우리를 노려봤기 때문이었다. 우리는 그대로 차를 몰고 기숙사로 돌아왔다. 너무 놀랐기 때문이었는지 기숙사에 도착하자마자 긴장이 풀린 우리는 곧바로 잠이 들었다.

그런데 잠이 들자마자 이상한 소리가 들려서 금방 깨고 말았다. 누군가 내 머리맡에서 쌀을 씻고 있는 것 같았다. 거칠게 쉬는 숨소리가 내 귓가에 바로 들렸다. 너무 무서워서 눈을 뜰 수 없었다. 하지만 소리가 계속 들리자 참을

수가 없었다. 무섭지만 나는 용기를 내서 침대에서 일어났다.

침대에서 벌떡 일어나 보니 아무도 없었다. 그리고 계속 괴롭히던 소리 또한 나지 않았다. 혹시나 해서 폐가에 같이 갔던 친구의 방으로 갔다. 문을 여는데 친구가 울면서 나왔다.

"폐가의 그 여자가 천장에 붙어 있었어. 그런데 눈이, 눈이 없었어. 피가 뚝뚝 떨어지는데, 그게 내 볼에 닿는 느낌이 너무 무서웠어. 그 여자가 점점 다가오면서 나한테 손을 뻗는데 손톱도 하나도 없었고 손도 갈기갈기 찢어져서 살 사이로 뼈가 보이고……. 너무 무서워! 어떻게 해? 우리 폐가에 괜히 갔나 봐!"

친구의 말을 듣고 나는 아무 말도 할 수 없었다. 그때 우리와 친하게 지내던 한 친구가 방에서 나왔다. 그런데 친구는 우리를 보고 하얗게 질리며 놀라는 것이었다. 그때 우리를 혐오스럽게 쳐다보던 그 친구의 살기 어린 얼굴을 지금도 잊을 수가 없다.

"야, 아무 말도 하지 마!"

친구가 갑자기 소리쳤다. 우리는 너무 당황해서 가만히 있었다. 그 친구는 갑자기 우리 둘의 손을 잡아 끌고 어딘가로 향했다. 우리가 왜 그러냐고 묻자, 친구는 확 돌아보며 우리에게 화를 냈다.

"어디서 그런 걸 달고 왔어?"

우리는 아무 말도 못하고 서로를 바라보며 친구가 이끄는 대로 따라갔다. 택시를 타고 시내로 나가는데 친구가 우리 팔목을 꽉 잡고 놓지 않았다. 팔목에 피가 안 통할 정도였지만 우리는 무서워서 아무 말도 안하고 친구가 잡고 있는 대로 내버려 뒀다.

택시가 도착한 곳은 점집이었다. 친구가 혼자 안으로 들어가더니 어떤 젊은 여자를 데리고 나왔다. 여자는 우리를 무서운 얼굴로 노려보았다. 그리고 몇 시간 동안 굿 같은 의식을 했다. 너무 당황해서 무슨 일이 일어나는지 모를 정도로 정신이 혼미했다. 마지막에는 우리에게 쌀을 두 움큼 정도 먹이고 손톱을 조금 잘라서 태웠다. 그러고는 이제 끝났으니 돌아가라고 했다.

우리는 그대로 기숙사에 돌아왔다. 우리를 데려갔던 친

구는 그제서야 이제는 괜찮다며 푹 자라고 했다. 기묘하게 도 긴장이 풀려서인지 정말로 바로 잠들 수 있었다.

그리고 그 이후로는 잠도 푹 잘 수 있었고, 아무 일도 일 어나지 않았다. 며칠 뒤 우리를 시내로 데려갔던 그 친구 에게 어떻게 된 일이냐고 물었지만 아무 대답도 해주지 않 았다. 몇 번을 캐물은 뒤에야 친구가 해준 말은 이 한마디 였다.

"쌀 먹는 영(靈)은 잘 먹을 수 있게 절대 방해하지 마."

지금도 그때 일을 생각하면 소름이 끼친다.

살殺

죽음의 밧줄

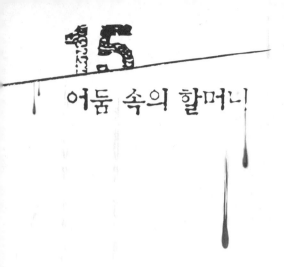

15

어둠 속의 할머니

밀양에 있는 우리 집 앞에는 PC방이 하나 있다. 나는 그 PC방에 거의 매일 출석할 정도였는데, 그러다 보니 아르바이트생들과도 친해지고 그 PC방 단골들하고도 안부를 주고받고 하는 사이가 되었다.

그 단골들 중에 자주 보는 고등학생이 세 명 있었다. 그 아이들은 거의 매일 학교에 갔다가 곧바로 조퇴해서 어울려 다니면서 담배를 피우고 오토바이를 탔다. 그래도 그런 학생들치곤 힘없는 학생들을 괴롭히지도 않고 어른을 공경할 줄 아는 아이들이라 내가 가끔 음료수도 사 주고 친하게 지냈다.

우리 집은 PC방과 가까울 뿐만 아니라 그 학생들이 오토바이 탈 때 애용하는 코스와도 맞닿아 있었다. 평소 오토바이 소리가 들려 나가 보면 오토바이 한 대에 세 명이 옹기종기 붙어 타고 있어 웃음이 절로 나왔다.

그러던 어느 날 새벽이었다.

요란한 오토바이 소리에 잠을 깼다. 평소 시끄럽게 오토바이를 타는 녀석들이 아닌데 그날따라 술을 마신 듯 고성방가를 하며 오토바이를 몰고 있었다. 다음 날 PC방에 가서 야단을 쳐야겠다고 생각하고 다시 잠자리에 들었다.

다음 날 PC방에 가보니 그 학생들이 보이지 않았다. 별생각 없이 그러려니 하고 넘어갔다. 하지만 그 다음 날에도 또 그 다음 날에도 보이지 않았다. 나는 녀석들이 마음 잡고 공부하러 간 줄 알았다. 좋은 일이지만 내심 섭섭하기도 했다. 그렇게 일주일이 지난 후 녀석들이 PC방에 와 있었다. 반가운 마음에 캔 음료를 사 주며 물었다.

"너거들 요새 보이지도 않더만, 공부하려고 맘 잡은 거 아니었나?"

"……행님, 사실은 우리 그동안 입원했어예."

"이 자슥들, 오토바이 탈 때부터 알아봤다. 그래도 많이 다친 건 아닌가 보네? 다행이고마."

정말이지 겉모습은 멀쩡했다. 다만 얼굴이 초췌했을 뿐이었다.

"행님, 그게 아니고……."

녀석들이 그동안 있었던 사연을 털어놓았다.

셋 중에 재한이네 부모님이 집안 사정상 하루 집을 비운 날이 있었다.

"오늘 우리 집 비는데 오랜만에 술판 함 벌이까?"

"오~, 웬일이고?"

"야~, 마침 술이 땡겼는데 잘됐고마."

재한, 명수, 지훈 이렇게 셋은 밤을 새워 술을 마실 기세로 함께 놀기로 했다.

먼저 1차로 노래방에 다녀온 녀석들은 2차로 PC방에 갔다. 하지만 게임에 너무 빠졌던 나머지 거의 자정 무렵이 되어서야 PC방을 나섰다.

"야들아, 저기 봐라."

"이 시간에 길도 어둡고 무거울 낀데."

"역시 남자는 노인 공경을 해야 되는 기라."

PC방을 나서서 오토바이를 끌고 가는 어두컴컴한 길은 차도 사람도 뜸했다. 그런데 그 시간에 어떤 할머니 혼자 무거운 짐을 지고 다리를 건너가는 모습이 보였다.

"할매요, 이 시간에 어디 가십니꺼?"

"할매요, 그 짐 무거울 낀데, 저희가 들어 드릴끼예. 이리 주소."

이때 뭔가 이상한 점을 눈치 챈 명수가 갑자기 그냥 가자고 했다.

"야들아, 걍 가자."

"와 그라노? 니 그래 살믄 지옥 간데이."

평소 의협심이 강한 재한이는 오토바이에서 내리려고 했다. 그때 명수의 말을 들은 지훈이도 뭔가 낌새를 알아채고 재빨리 오토바이를 몰았다. 내리려다 놀란 재한이가 소리쳤다.

"니 와 그라는데, 떨어질 뻔 했다아이가."

"저 할매 뭔가 이상하다. 다 죽어가는 모습에 짐도 엄청 크고…… 그래, 눈까리! 눈까리도 검은자밖에 없더라."

지훈이의 말에 명수도 거들었다.

"그래, 너거 둘 내 없었으면 잡혀 먹혔을끼라."

대수롭지 않게 여기고 풍경에 정신이 팔릴 무렵 맨 뒤에 타고 있던 명수가 뭔가를 느끼고 뒤돌아 봤다.

"으아악! 저게 뭐꼬, 으아아아아아!"

"으아 으아! 저, 저거…….."

"이이힉 아아악 으아아!"

그 할머니가 한 손에는 자기 몸만큼 큰 짐을 머리에 이고 한 손에는 시퍼렇게 날이 선 식칼을 들고 엄청난 속도로 오토바이를 향해 뛰어오고 있었다.

엄청난 코너링으로 할머니를 겨우 떨쳐내고 간신히 재한이의 집 앞에 도착했다.

"하악, 하악…… 저거 뭐였노."

"아오, 너거 저 얼굴 봤나? 한 백 살은 됐을 낀데. 내는 맨 뒤라서 거의 닿을 뻔했다 아이가."

"우리 집까지 쫓아오는 건 아니겠제?"

얼마나 놀랐는지 셋은 거의 울기 직전이었다.

쿵쿵쿵쿵.

숨을 겨우 돌릴 찰나, 미칠 듯한 속도의 노크 소리가 현관문에서 들렸다. 놀란 재한이가 초인종 카메라로 밖을 살피니 그 할머니가 칼로 현관문을 거의 발작적으로 찌르고 있었다. 옆에서 같이 지켜보던 지훈이의 눈에선 자기도 모르게 눈물이 흘렀다. 명수는 재빨리 112에 신고를 했다.

"저, 저, 저기요. 빨리 와 주이소. 웬 미친놈이 칼 들고 문을 두드립니더. 빨리예."

"주소가 어떻게 됩니꺼?"

"미, 밀양시 삼문동예. 빨리예. 제발."

이때 카메라를 주시하고 있던 재한이가 비명을 질렀다.

"으아아아악!"

할머니가 칼을 든 채 담을 넘고 있었던 것이다.

그 뒤로 세 명은 정신을 잃었고 눈을 떠보니 병원이었다.

부모님들하고 의사, 경찰들이 서 있었다.

"우리 우찌 된 깁니꺼?"

경찰이 대답했다.

"우리가 출동 명령을 받고 가곡동 다리를 건너가는데, 어떤 요상한 할매가 오는기라……."

"할매요?"

셋이 동시에 소리쳤다.

"그래, 한 손에 엄청나게 큰 짐을 들었는데, 자세히 보니 한 손에 또 뭘 끌고 오는 기라. 내는 새벽에 어디 시장 가는가 싶었는데, 생각해 보니 시장 방향하고 정반대 아이가. 그래, 자세히 본께 새끼줄을 너거들 손목에 묶어 그래 끌고 오대."

셋은 놀라서 자신들의 손목을 쳐다보았다. 온통 피멍이

들어 있는 것을 보니 가슴이 철렁했다.

"그래가, 차에서 내려서 '당신 뭐야?' 하고 소리치면서 다가갔더만 미친년 맹키로 '이히히히' 웃으면서 다리를 도마뱀 마냥 벌려 가꼬 저저 아파트 뒤쪽 기찻길 밑 풀숲으로 기어 가드라. 엄청 빠르더만. 거리가 한 500미터는 될 낀데 눈 깜짝할 새 기어가데. 식겁했지."

경찰의 이야기를 들은 셋은 동시에 서로 얼굴만 쳐다보고 말을 잇지 못했다고 한다.

"와! 내는 인제 밤에 못댕기겠네."

"큰일 날 뻔 했다아이가. 오싹하네."

어느 틈엔가 옆에서 이야기를 듣고 있던 아르바이트생이 말했다.

"행님, 그 할매 정체가 뭐 같습니꺼?"

"글쎄……."

이야기를 들은 나는 아무 말도 잇지 못했다.

여행지에서 생긴 일

푹푹 찌는 한여름이었다. 대학 생활의 마지막 여름 방학 동안 뭔가 추억거리를 만들기 위해 친구들과 여행을 떠나기로 했다.

친한 오빠들과 친구 등 여덟 명이 펜션을 빌려 1박 2일 여행을 갔다. 펜션은 넓은 방이 두 개 있었고 시설이 깔끔했음에도 숙박비가 유난히 싸서 다들 만족했다.

펜션에서 밤 늦게까지 먹고 마시고 놀다가 일행 중 네 명은 지쳐 옆방으로 잠을 자러 갔다. 나를 비롯한 남은 네 명은 계속 떠들고 놀며 시간을 보내고 있었다. 그런데 얼마나 시간이 지났을까, 자러 들어갔던 언니 중 한 명이 천천히 엉금엉금 기어 나왔다. 그러더니 방문과 현관문 사이에 놓인 냉장고에 머리를 쿵쿵쿵 박다가 다시 자던 방으로 엉금엉금 기어 들어갔다.

몽유병인지, 그 모습이 너무 우스워서 우린 깔깔거리며 배를 쥐고 웃었다. 그런데 방으로 기어 들어간 언니가 다시 천천히 기어 나오더니 또 냉장고에 머리를 쿵쿵쿵 박고 다시 들어갔다. 그리고 또 다시 나와서 쿵쿵쿵…….

우리들의 웃음소리는 점차 잦아들고 이제는 무서워지기 시작했다. 그리고 그 언니를 깨워야겠다는 생각이 들었다. 우리는 언니를 일으켜 세워 억지로 잠을 깨웠다. 그랬더니 정신을 차린 언니가 갑자기 울음을 터뜨렸다. 그렇게 한참을 울더니 우리가 놀고 있는 방구석에 자리를 잡고는 다시 잠을 청했다. 우린 괜히 오싹하기도 하고 기분도 묘해져서 더 놀고 싶은 기분도 들지 않았다. 그래서 다들 그 방에서 한자리씩 차지하고 함께 잠을 잤다.

다음 날, 짐을 싸서 집으로 돌아오는 길에 우리는 궁금해져서 그 언니에게 어젯밤에 왜 그랬는지 물어보았다. 그러자 그 언니를 비롯해, 옆방에서 잠을 자던 네 명의 친구

들까지 전부 표정이 어두워졌다. 그 친구 중 한 명이 천천히 말을 꺼냈다.

사실, 옆방에서 자던 언니를 비롯한 네 명은 전부 동시에 가위에 눌렸다고 한다. 그리고 네 명이 동시에 머리를 산발한 여자 귀신을 봤다고 한다.

그 여자 귀신은 네 명을 천천히 둘러보더니 결정했다는 듯, 그 언니의 머리채를 잡고 밖으로 질질 끌고 갔다는 것이다. 그 언니는 당연히 끌려가지 않으려고 저항하다 냉장고에 머리를 쿵쿵쿵 박았고, 냉장고에 걸려 귀신이 머리채를 놓치면 언니는 다시 방으로 도망갔다가 다시 끌려 나오길 반복했다고 한다.

그리고 나머지 세 명은 가위에 눌린 채 언니가 귀신에게 끌려 다니는 광경을 그냥 지켜봐야 했다는 것이다. 그 이야기를 들은 우리는 소름이 끼치고 너무 무서웠다. 시설에 비해 숙박비가 턱없이 쌌던 이유를 그제야 알 수 있었다.

비오는 날의 흉가

이 이야기는 대략 20년 전부터 알고 지내던 형님께서 대학생 시절에 친구랑 경험한 일이다.

어느 여름 형님은 오랜만에 두 명의 친구를 만나 거나하게 취하셨다. 셋은 만취하여 몸도 제대로 가누지 못하면서 부산 사직동을 지나 쇠미산을 가로지르는 산길을 넘어갔다. 그런데 갑자기 장대 같은 엄청난 폭우가 하늘에서 쏟아져 내리기 시작했다.

길 중간에서 한 친구와 헤어지고 남은 두 사람은 끝도 없이 내리는 폭우를 피해 산길을 무작정 달렸다. 그런데 달려가서 피할 수 있는 비가 아니었다. 게다가 어디서 길을 잘못 들어섰는지 산길은 끝날 기미가 보이지 않았고, 주변을 돌아보니 전혀 모르는 생소한 곳이었다.

보통 산길을 통해서 가면 10분 정도면 집에 도착하는데, 이상하게도 30분 이상은 헤맨 느낌이었다. 하지만 길 찾는 것이 문제가 아니라 체온이 더 떨어지기 전에 어디 가서 비라도 피하는 것이 더 급했다. 두 사람은 인근을 헤매다 멀리 불이 켜진 단층집을 발견하고 급한 대로 찾아 들어가게 되었다.

낡은 슬라브 집인데, 녹슨 대문엔 가시덤불이 가득했다. 첫 느낌부터 상당히 섬뜩했다. 도저히 사람이 살 만한 집이 아닌데 이상하게도 안에 희미하게 불빛이 새어 나왔다. 현관문의 유리창은 깨진 데다 열려 있어 바람에 삐걱대며 기분 나쁘게 움직였다.

안으로 들어가니 인기척은 없고 오래되고 낡은 갓이 씌워진 백열등이 홀로 켜져 있었다. 그런데 집 안에는 벽이고 문이고 전부 피로 칠갑되어 있었다. 게다가 바닥에는 관 뚜껑 같은 판자가 피범벅이 되어 놓여 있었다.

그때 소곤소곤대는 여자의 말소리가 빗소리를 뚫고 안방에서 들려왔다. 두 사람은 비를 피하기 위해 주인을 한참 동안 소리쳐 불렀다. 그래도 여전히 대답 없이 소곤거리는 말소리만 들려오자 친구가 참지 못하고 방문을 열어젖혔다. 그런데 방안에는 아무도 없었다.

예전에 누군가 살았는지 벽에 옷이랑 가재도구는 그대로 있는데 한눈에 보아도 먼지가 뽀얀 것이 지금은 사람이 사는 집이 아니었다. 그럼에도 백열등은 켜져 있고, 게다가 방금 전까지 안방에서 소곤거리는 목소리도 들렸던 것이다. 이상하다고 생각하는 순간,

"아아아아악!"

갑자기 다른 방에서 소름끼치는 여자의 비명소리가 울려 퍼졌다. 형님보다 담력이 센 친구는 용기 내어 방문을 다 열어젖혔다. 하지만 피로 칠갑된 벽만 있고 사람은 아무도 없었다.

"다 죽여 버릴 거야!"

갑자기 앙칼지게 외치는 여자의 독기 서린 목소리가 들려 오고 동시에 백열등이 꺼졌다. 온몸에 소름이 끼치고

머리카락이 쭈뼛 선 두 사람은 정신없이 그 집을 뛰어 나와 무조건 달렸다. 그리고 다람쥐 쳇바퀴 구르듯이 비가 쏟아져 토사가 흘러내리는 비탈길을 마구 굴러 내려왔다.

　형님은 아직도 그 집에서 있었던 일을 생각하면 소름이 돋는다고 한다. 그리고 그 집의 위치가 정확히 어딘지도 모르겠고 다시 찾아 볼 엄두도 나지 않는다고 말했다.

내 아이 돌려줘

우리 외갓집은 전라북도 완주군의 한 시골 마을이다. 그 부근에는 초등학교가 하나뿐이라 엄마가 학교 다니던 시절에는 몇 시간씩 걸어서 등하교를 하는 학생들이 많았다고 한다. 엄마 또한 한 시간 남짓을 걸어야 학교에 갈 수 있었기에 너무 힘들어 학교에 다니는 것이 싫었다고 한다.

그런데 엄마가 학교에 다니기 싫었던 진짜 이유는 따로 있었다. 같은 학년 같은 반에 있었던 정신이 조금 이상한 언니 때문이었다. 그 언니는 외갓집 앞산을 넘어 학교에 다녔는데 엄마보다 한 살 많았다. 당시엔 학교를 늦게 입학하는 경우가 허다해 같은 학년이어도 나이가 서로 다른 일이 많았다.

따돌림을 당할까 봐 선생님은 아무 말도 하지 않으셨지만 엄마를 포함한 동네 친구들은 그 언니가 앞산 너머 사는 유명한 무당집 외동딸이며 모녀 단둘이 살고 있다는 것 정도는 알고 있었다.

그 언니는 여느 아이들과 다름없이 평범했으며 수업시간에 가끔 멍하니 먼 산을 바라보다 선생님께 꾸중을 듣기도 했지만 나름대로 열심히 생활하는 학생이었다.

하지만 비가 오기 직전이나 좀 우중충한 날, 또는 수업이 끝나고 다들 집으로 돌아갈 때가 되면 갑자기 교실에서 뛰쳐나가 운동장이며 학교 뒤뜰을 정신없이 돌아다녔다.

봄이면 개나리 덩굴 사이를 한참 바라보다 버럭 고함을 지르고 욕지거리를 내뱉으며 화를 내기도 했다. 또 방과 후에 아이들이 학교에 거의 남아 있지 않을 땐 학교 뒤 변소 문을 차례로 열어젖히며 중얼거리기도 하고 실실 웃기도 하다가 춤을 추기도 했다.

한번 춤을 추기 시작하면 두 시간이고 세 시간이고 지치지도 않고 계속 춰대는데 어찌나 무섭던지 엄마는 아직도 그 모습이 눈에 선하다고 했다. 유난히 겁이 많던 엄마는 험한 등교길보다 같은 반인 이 언니가 더 무서웠던 것이다.

날씨가 궂은 날에는 수업 중에 언니가 사라져 선생님과 아이들이 찾아 나서기도 했는데 백이면 백 변소 부근에서 발견되었다. 변소 한 칸 문을 열고 그 앞에 앉아 뭐라고 이야기를 중얼거리기도 했고 어떨 땐 얼굴에 변을 덕지덕지 묻혀 놓고 깔깔거리며 서 있기도 했다.

그러던 어느 늦가을 엄마는 친구들과 화단을 망가뜨려 놓았다는 이유로 방과 후 교실에 남아 선생님께 꾸중을 들었다. 별로 늦게까지 교실이며 복도 청소를 해야 했다.

해가 뉘엿뉘엿 지고 있던 그때, 한복을 곱게 차려 입으신 예쁜 아주머니께서 정신없이 학교로 달려오고 있었다. 그 아주머니는 선생님과 이야기를 나누더니 망연자실한 얼굴로 그 자리에 주저앉았고 선생님께선 엄마와 친구들에게 그 언니를 마지막으로 본 게 언제냐며 물으셨다.

엄마 친구 중 한 명이 방과 후 변소에 다녀오면서 마지막 칸 앞에서 혼자 중얼거리고 있던 언니를 보았다고 했다. 그 말을 듣자마자 선생님과 아주머니는 변소로 정신없이 달려갔는데 아주머니는 마지막 칸 앞에서 기겁을 하고 쓰러지셨다.

엄마가 조심스럽게 가 보니 변소통은 퍼낼 때가 다 되어 분뇨들이 가득 차 있었고 그 위엔 그 언니가 오늘 입었던 옷들이 있었다.

담임 선생님과 학교를 지키던 아저씨가 서둘러 분뇨를 퍼냈고 힘이 부치자 동네 사람들까지 불러 분뇨를 다 퍼냈지만 나온 것은 옷가지뿐이었다. 그런데 그보다 더 끔찍한 것은 옷가지 위에 정확히 열 쌍의 사람 손톱, 발톱이 있었다는 것이다.

그 뒤로 그 아주머니는 학교에 여러 번 찾아오셨는데, 다음 해 봄이 되자 보이지 않았다. 궁금해진 엄마는 아주머니 동네에 사는 친구에게 물었는데, 그 친구는 엄마에게 겨울 방학 동안에 있었던 일을 말해 주었다.

그 아주머니는 겨울 내내 낮이고 밤이고 "불쌍한 내 자식! 내 손톱, 발톱 다 줄 터이니 내 딸 돌려주어라!" 하며 징을 쳐댔는데 어느 날 갑자기 조용해졌다고 한다. 이상하게 생각한 동네 이장 어른이 찾아가 보니 자신의 손발톱을

모조리 뽑아 가지런히 개어 놓은 하얀 천에 차례대로 맞춰 놓고는 그 위에 목을 매달아 죽어 있었다는 것이다.

그로부터 오랜 시간이 흘렀다. 엄마가 나를 가져 만삭이 되어 외갓집을 가는 길에 옛 생각이 나 그 동네에 살던 친구를 만나러 갔다고 한다. 그런데 굿하는 소리가 나기에 가 보았더니 동네 사람이 모두 모여 굿판을 벌이고 있었다.

엄마도 구경삼아 사람들 사이를 비집고 구경했다. 그런데 엄마 또래의 젊고 예쁜 무당이 깡충깡충 뛰다 말고 엄마 곁으로 다가왔다. 그리고는 손톱이 단 한 개도 없는 하얀 손으로 엄마 배를 쓰다듬더니 이렇게 말했다.

"예쁜 딸이네. 너는 이런 데 오는 게 아니란다, 아가야! 예쁘게 크렴."

그리고는 엄마 얼굴을 보고 씩 웃더니 제자리로 가서 다시 굿을 했다. 그리고 15일 뒤에 엄마는 나를 낳으셨다.

작년 겨울 외갓집에 갔다가 엄마한테 들은 이야기를 할머니께 했더니 할머니께서는 별 감흥 없는 목소리로 이렇게 말씀하셨다.

"그렇잖아도 몇 주 전에 그 동네 점순네가 얘기하드만,

니가 딸인 거 알려 줄라고 그랬는 갑다. 그 애가 느그 엄마 어렸을 적에 화장실에서 없어진 갸 아닌가 싶어서 물어봤더니 별말은 안 하드란다. 그냥 엄마가 지 살려줬다고, 그 말밖에 안 하드란다."

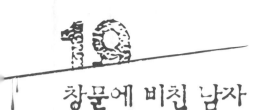

창문에 비친 남자

　나는 2004년도에 배를 가르는 수술을 받은 적이 있었는데 좀 힘겨웠던 것으로 기억한다. 그 수술을 받고 한 3개월 정도는 몸에서 기가 좀 빠져나간 상태여서 그런지 귀신을 몇 번 보았던 적이 있다. 그중에서 가장 힘들었던 경험을 이야기할까 한다.

　전남 순천에 근무하던 나는 본사에서 열리는 세미나에 참석하기 위해 고속버스를 타고 서울로 올라갔다. 세미나를 마친 뒤 바로 순천으로 돌아오는 고속버스 막차를 타려했는데 놓치고 말았다. 할 수 없어서 야간 기차를 타고 가려고 표를 끊고 엄마한테 전화로 알려 드렸다. 그런데 엄마는 고속버스도 야간 운행을 하는데 왜 기차를 타고 오냐며 약간 염려스러운 듯 말씀하셨다. 나는 별 생각 없이 새벽에 도착하니까 문이나 열어 달라고 부탁했다. 기차 시간까지 약간 여유가 있기에 PC방에서 기다리다가 밤 11시에 기차를 탔다.

마침 세미나에 참석하기 위해 여수에서 온 언니가 있어서 함께 기차에 올랐다. 언니는 통로 쪽 좌석에 앉고 창에 기대기를 좋아하는 나는 창 쪽에 앉았다. 평택역에 도착해서 기차가 잠깐 멈추었을 때 화장실에 들렀다가 다시 제자리에 앉았다. 기차가 다시 출발했을 때는 12시가 다 되었고 창밖은 완전히 캄캄했다. 창으로는 창밖 풍경이 보이는 것이 아니라 기차 내부가 유리에 반사되어 보였다.

평택까지는 통로에 서서 가는 사람이 없었는데 창문에는 우리 자리 옆 통로에 50대 초반의 노숙인으로 보이는 아저씨가 비쳐 보였다. 기차가 평택역에 멈추었을 때 올라탄 손님으로 생각하고 고개를 돌려 통로 쪽을 보니 서 있는 사람이 아무도 없었다.

하지만 나는 별로 신경 쓰지 않고 그냥 '내 뒤쪽에 앉은 사람이 창문에 비쳐 보였나 보다'라고만 생각하고 다시 창

문을 바라보았다. 그렇게 10분 정도 시간이 흘렀는데, 자세히 보니 창문에 비친 아저씨는 계속해서 나를 쳐다보고 있었다. 게다가 얼굴에는 야릇한 미소를 띠고 차렷 자세로 서 있었다.

보통 움직이는 좌석 쪽으로 몸을 향하고 서 있을 때는 기차가 흔들리니까 좌석 모퉁이를 잡을 텐데, 그 아저씨는 아무것도 잡지 않고 차렷 자세로 나를 10여 분 동안 보고 있었던 것이다. 나는 그 아저씨의 징그러운 미소가 소름 끼쳐서 눈을 마주치지 않으려 노력했다.

얼마쯤의 시간이 흐른 후, 이제는 나를 보고 있지 않겠지 하고 살짝 눈을 돌려보니 그 아저씨는 여전히 나를 쳐다보고 있었다. 또 한참 지나고 나서 다시 눈을 돌려보니 역시 마찬가지였다. 그렇게 하기를 여러 번, 드디어 창문에서 그 아저씨의 모습이 보이지 않았다.

'아, 드디어 아저씨가 내렸구나'라고 생각하고 있는데 간식거리를 파는 판매원이 내 옆을 지나갔다. 그 순간 뭔가 이상하다는 느낌이 들었다. 창문에 비친 판매원의 걸어가는 모습과 고개를 돌려서 본 실제 판매원의 걸어가는 모습은 같은 방향, 같은 모습이었다.

'그래, 맞아. 세상에 반대로 비치는 기차 창문이 어딨어. 당연히 그대로 비치지. 내 옆에 자고 있는 언니도, 건너편에 앉아 있는 사람들도, 판매원도 모두 그대로 보이는 게 당연하지. 그러면, 아까 그 아저씨는 뭐……였……지?'

생각이 여기까지 이르자 나는 온몸에 소름이 쫙 끼쳤다. 내 옆에는 분명 언니가 있는데, 그렇다면 그 아저씨는 바깥에 있었던 것이 틀림없었다. 기차 안에 있는 아저씨가 창에 비쳐진 모습이 아니라 빠르게 달리는 기차 밖에서 창문을 향한 부동자세로 공중에 떠서 날 바라본 것이다.

나는 이러한 생각이 믿어지지가 않아서 옆에 자고 있는 언니를 깨워 자초지종을 이야기했다. 그러자 언니는 자는 사람 붙들고 농담하지 말라면서 믿지 않았다.

나는 자꾸만 그 아저씨의 얼굴이 떠올라 겁이 났다. 순천에 도착하면 새벽 3시가 넘는데 어떻게 집에 갈지 걱정이 앞섰다. 기차가 순천역에 도착하자마자 부리나케 택시를 잡아 타고 집으로 가는 골목 입구에 내렸다. 깜깜한 골목을 뒤도 돌아보지 않고 죽을 힘을 다해 뛰어서 집 앞에 도착했다. 나는 자고 있을 엄마가 빨리 문을 열어 주길 바라면서 동네 사람이 다 깰 정도로 사정없이 문을 두드렸다.

그런데 마치 기다렸다는 듯이 엄마가 금방 문을 열어 주었다. 걱정스러운 얼굴로 문을 열어 주는 엄마 품에 안겨서 나는 울음을 터트리고 말았다.

내가 훌쩍이면서 기차에서 있었던 이야기를 하자 엄마는 내가 서울에 올라가던 날 이상한 꿈을 꿨다고 말씀하셨다. 엄마가 꿈속에서 밤에 기차를 탔는데 평택역에 정차한 다음에 갑자기 역이 사라지더니 창밖이 온통 공동묘지로 변했다고 한다. 수많은 무덤 중에 방금 상을 맞아서 묻은 듯한 무덤이 있었는데 향과 제사 음식이 놓여 있고 사람들이 곡소리를 내고 있었다는 것이다. 그래서 내가 고속버스가 아닌 기차를 타고 온다고 했을 때 퍼뜩 그 꿈이 생각나 불안한 마음으로 내가 올 때까지 기다렸다고 말씀하셨다.

그때의 공포를 잊는 데 두 달이 걸렸다. 그 후에도 몇 번 이런저런 귀신을 보았지만 지금은 거의 보이지 않는다.

망가진 열쇠 구멍

여대 3학년 때 있었던 일이다. 당시 나는 한 층에 2세대가 사는 작은 연립에 아버지와 둘이서만 살고 있었다.

연립이 대칭 구조라 양쪽 집의 현관은 두세 뼘 남짓 밖에 떨어져 있지 않았고 방음이 잘 되지 않았다. 그래서 종종 옆집 현관문 여는 소리가 마치 우리 집 문을 여는 소리처럼 들리기도 했다.

어느 날, 하교 후 집에 혼자 있는데 '딸깍딸깍' 하는 소리가 났다. 평소 아버지가 들어오시는 시간이 아니었고, 우리 집 현관문 열리는 소리는 아닌 것 같아서 옆집에서 나

는 소리려니 생각했다.

계속 열쇠 소리가 나서 조금 짜증났지만, 옆집 사람들과는 사이가 좋지 않아 마주치고 싶지도 않았기에 방에 들어가서 텔레비전 소리를 높였다. 문이 고장 났으면 빨리 고치지 방음도 잘 안 되는 것을 알면서 무슨 민폐인가 싶었다.

몇 시간이 지난 저녁 쯤, 아버지가 문을 열라고 전화를 하셨다. 열쇠를 안 가져 가셨나 싶었는데, 열쇠가 열쇠 구멍에 들어가지 않아서 전화하셨던 것이었다. 집에 오신 아버지께선 손전등을 가지고 나가서 문을 살펴보시고 바로 한마디 하셨다.

"문이 잘 안 열렸으면 열쇠 수리를 바로 해야지. 열쇠 구멍이 완전히 다 망가져 있잖아."

아마도 누군가 우리 집에 아무도 없는 줄 알고 문을 따고 들어오려고 했던 것 같았다. 실패로 끝나서 다행이지만 만약 그때 문이 열렸다면…… 생각만 해도 소름이 돋는다.

함부로 이름 부르지 마

　제주도 난대산림연구소에서 공익 근무를 할 때의 일이다. 제주도는 고사리가 유명하다. 그래서 봄이 되면 고사리를 캐는 사람들이 많은데, 캐다 보면 출입 금지 구역까지 들어가곤 했다. 그래서 공익 요원들이 산불 관리 겸 출입 통제 임무를 수행했다. 매일같이 차로 산의 출입 금지 구역을 순찰하는 일이었다.

　제주도는 1년에 두 번 정도 장마가 온다. 봄에 부슬부슬 비가 내리는데, 고사리가 나기 시작할 때쯤 비가 내린다고 해서 고사리 장마라고 부른다. 이 비를 맞고 좋은 고사리들이 자란다. 여하튼 그날도 부슬부슬 비가 오는 어느 봄

날이었다.

나와 후임 세 명은 차를 타고 순찰을 돌고 있었다. 무전기에서 평소에는 잘 가지 않던 ○○산으로 순찰을 가라는 명령이 내려졌다. 그 산은 서귀포에서 5·16도로를 따라 가다가 한라산으로 가기 전에 있는데, 사람들이 잘 가지 않는 곳이다.

익숙하지 않은 곳이라 그다지 가고 싶지 않았지만 명령이니 어쩔 수 없었다. 이동하여 순찰을 돌고 있는데 후임이 말했다.

"형, 저쪽에 아주머니 한 분이 있는데요."

나는 확성기로 소리를 질렀다.

"거기 아주머니, 다 보여요! 어서 나오세요."

확성기로 불러도 나오지 않자 우리는 근처에 차를 세우고 풀숲에 들어가 아주머니를 찾았다. 출입 금지 구역이라 민간인이 있으면 안 되기 때문이다.

그런데 아무리 찾아도 보이지 않았다. 후임은 분명히 봤는데 이상하다면서 투덜거렸다. 30분 동안 순찰을 도는데,

할머니 한 분이 등에 고사리 한 무더기를 메고 내려 오셨다. 할머니께 다시 오시지 말라고 주의를 드리고 차에 태워 산 입구까지 모셔다 드리기로 했다.

운전을 하면서 라디오를 크게 틀고는 후임을 향해 "ㅇㅇ아, 이 노래 좋지 않냐?"라고 말했는데, 갑자기 뒷좌석에 앉아 있던 할머니께서 욕을 하시면서 큰소리로 야단을 치셨다.

"야, 이 육실헐 놈아! 산에선 사람 이름 함부로 부르는 거 아니야!"

우리는 이상한 할머니라 생각하고 대꾸하지 않은 채 산 입구까지 할머니를 모셔다 드렸다.

점심을 먹고 다시 순찰을 도는 중이었다. 후임이 볼일이 급하다면서 차에서 내려 숲으로 향했다. 그런데 10분이 지나도 돌아오지 않았다.

뭔가 불길한 예감이 들어 후임이 들어 간 방향으로 찾아 갔는데, 후임은 없고 숲이 마구 어지럽혀져 있었다. 후임의 이름을 부르며 뒤지기 시작했다. 하지만 5분이 지나고 10분이 지나도 찾을 수 없었다. 어쩔 수 없이 본부에 무전

연락을 취하려는 찰나, 멀리서 후임의 비명소리가 들렸다.

우리는 누가 뭐라 할 것 없이 소리가 난 방향으로 뛰어 갔다. 후임은 눈이 풀린 채 울면서 온 몸을 부들부들 떨고 있었다. 얼른 후임을 질질 끌다시피 해서 차에 태우고 도 망치듯 산에서 내려왔다.

한참을 달려 연구소 근처에 차를 멈추고, 어느 정도 진 정이 된 후임에게 이야기를 들었다. 그의 말에 따르면 볼 일을 보러 갔는데, 아까 봤던 아주머니가 멀리서 자기를 쳐다보고 있었다는 것이다.

후임은 아주머니에게 주의를 주려고 바로 쫓아갔는데, 이상하게도 아주머니는 다시 보이지 않았다고 한다. 또 놓 쳤다 싶어서 뒤돌아 가려는데, 갑자기 누군가 자기 손을 꽉 잡고 질질 끌고 가더라는 것이다.

발버둥치고 나무를 쥐어 잡아도 상대는 힘이 엄청나서 숨도 못 쉴 정도였다고 했다. 후임은 이대로 넋 놓고 끌려 가다간 큰일 나겠다 싶어서 큰 나무를 부여잡고 한쪽으로 는 손에 잡히는 대로 휘둘렀다. 그러면서 자기 손을 잡은 사람을 봤는데, 바로 아까 놓쳤던 그 아주머니였다고 했다.

그 아주머니는 머리가 헝클어지고 마치 총을 맞은 것처럼 머리에 큰 구멍이 있는 데다, 온몸에 칼자국이 있었다고 한다. 그리고 자기를 향해 욕을 계속 했다는데, 자세히 듣진 못하고 무서워서 비명만 질렀다. 바로 그 소리를 듣고 우리가 달려간 것이었다. 우리가 도착했을 때 이미 그 아주머니는 사라지고 없었다. 평소에 농담도 하지 않던 녀석이었고, 그 상황에 농담할 분위기도 아니어서 믿을 수밖에 없었다.

그런데 다음 날부터 후임은 결근을 했다. 전화도 받지 않고 무단 결근을 계속 했다. 나중에 들으니 근무지 변경 신청을 했다고 한다. 그날 이후로 나도 그 산으로 순찰가는 것을 꺼리게 되었다.

어느 날 농원을 운영하는 아주머니를 태워다 드리러 그 산 근처로 간 적이 있는데, 그분께 산에서 겪었던 이야기를 했다. 그러자 혀를 쯧쯧 차시면서 그 산에 얽힌 이야기를 말씀해 주셨다.

제주 4·3사건 당시, 그 산으로 군을 피해 숨어 들어간 사람들이 많았다고 한다. 그런데 산에서 이름을 부르면 그 이름과 관련된 가족들이 색출되어 총살을 당했다는 것이다.

그래서 그 지역 할아버지나 할머니들은 산에서 함부로 이름을 부르면 안 된다고 곧잘 말씀하신다고 했다.

이야기를 듣고 나니, 그 산의 억울한 원혼들이 군복을 보고 우리를 제주 4 · 3사건 당시의 군인으로 오해했던 것은 아닐까 하는 생각이 들었다. 그 후로는 어떤 일이 있어도 그 산으로는 순찰을 가지 않았다.

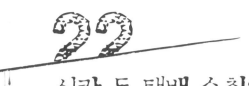

식칼 든 택배 수취인

친구가 들려준 이야기이다.

그 친구가 택배 아르바이트를 하던 때였다. 물건을 배달하기 위해서는 수취인이 집에 있는지 확인하는 전화를 한 다음 찾아가는 것이 관례라 여느 때처럼 전화 확인을 하고 있었다. 그런데 수취인 중 유독 한 사람이 굉장히 겁먹은 목소리로 전화를 받았다.

친구는 원래 말투가 무뚝뚝한데다 전화할 곳도 많아서 수취인이 우물쭈물하는 와중에 말을 뚝 자르고 집에 계시냐고 물었다.

이번에도 상대방은 우물쭈물하며 대답을 회피하다가 기어 들어가는 목소리로 집에 있다고 대답했다. 막 끊으려고 하는데 상대방이 지금까지와는 달리 정확한 목소리로 문 앞에 놓고 가라고 말했다. 친구는 이상한 기분을 느끼며 전화를 끊었다.

배달 장소에 막상 가보니 대학가에 있는 아파트인데다가 마침 등교 시간이어서 통행인이 많았다. 문 앞에 놓고 갔다가 분실되면 나중에 책임을 물을 것 같아서 문을 두드리고 택배 왔다고 하면서 주인을 불렀다. 조금 전 전화 통화에서도 집에 있다고 했으니 그 친구는 소신대로 사람이 나올 때까지 문을 두드렸다. 결국 여자가 나왔는데, 조금 열린 문에 반쯤 몸을 기대서 얼굴이 절반 정도밖에 보이지 않았다. 꽤 예쁜 편이어서 얼굴에 눈길이 갔는데, 눈매가 악의를 품고 있는 것처럼 섬뜩했다.

박스가 꽤 무거워서 거실까지 가져다 주고 싶었지만 워낙 눈빛이 무서워서 현관문 앞에다가 놓고 돌아섰다. 마침 같은 층에 수취인이 세 명이나 있어서 다시 다른 집 문을 두드리고 나오길 기다리다가 슬쩍 방금 전의 여자 쪽을 봤다. 그 여자는 처음에 한 손을 문밖으로 뻗어 박스를 들려고 했는데 박스가 무거우니까 박스를 안아서 옮기려고 문을 좀 더 열고 나머지 손도 뻗었다. 그런데 뭔가 번쩍하는 것이 보였다. 놀란 가슴을 숨기며 자세히 보니 여자의 손에는 시퍼렇게 날이 선 식칼이 들려 있었다.

그 여자는 현관문에 가려져 있던 한쪽 손에 식칼을 들고 친구를 노려보며 택배를 받았던 것이다. 친구는 요즘 세상이 삭막하기도 하고 그 여자가 자기를 죽이려고 기다리고 있었나 하는 생각에 무서워져서 곧 택배 회사를 그만두고 말았다.

여자가 어떤 의도로 그 식칼을 들고 있었는지 확실하게 알 수는 없다. 하지만 만약 친구가 호의를 베풀어 그 집안까지 상자를 옮겨 주었다면 그 친구로부터 이 이야기를 들을 수 없었을지도 모른다는 생각이 들자 나도 모르게 손에 땀이 났다.

화장실을 엿보던 눈동자

25살 직장 여성이었던 나는 방배동의 한 휴대전화 가게에서 일을 했다(물론 지금은 그만두고 다른 직장에서 일하고 있다). 그 매장에는 화장실이 따로 없어서 필요할 때면 매번 옆 건물의 화장실로 가야 했다.

나는 남자 친구와 통화를 하기 위해서 옆 건물의 화장실을 빈번하게 이용했다. 주로 1층에 있는 화장실을 이용했지만, 그곳은 오래되고 남녀 공용이라 2층 화장실을 이용할 때도 있었다. 사건은 그 2층 화장실에서 일어났다.

당시 남자 친구와 통화를 많이 하는 편이여서 전화로 다투는 경우도 많았다. 경험해 본 사람들은 알겠지만 누군가와 통화를 할 때, 특히 다투는 경우에는 주변을 신경 쓰지 못할 때가 많다. 그날도 남자 친구와 통화하다가 큰소리로 다투었는데, 1층 화장실이 잠겨 있어서 어쩔 수 없이 2층 화장실로 올라갔다. 전화기를 잡은 채 두 칸의 화장실 중 왼쪽 칸에 들어갔고, 다투던 중이라 미처 문도 잠그지 못하고 통화에 집중했다.

한참 통화를 하고 있는데 누군가 들어오는 소리가 났다. 별로 대수롭지 않게 여기고 계속 통화를 하면서 '저 사람이 나간 후에 나도 나가야지'라고 생각하고 있었다. 그런데 통화에 신경을 쓰다 보니 그 사람이 나갔는지 제대로 알 수가 없었다. 결국 전화를 끊었는데, 그 후로도 분명 사람이 나간 소리를 듣지 못했다. 시간이 한참 지났는데도 말이다.

그때부터 나는 다시 계속 통화하는 시늉을 했다. 그러면서 밖에 있을지 모를 누군가에게 계속 집중했다. 보이진 않지만 그 사람은 숨을 죽이며 내가 나오기만을 기다리고 있는 것 같았다.

혹시나 싶어서 계속 통화하는 시늉을 하면서 화장실 문 아래 아주 조그마한 틈으로 밖을 보았다.

그 순간 소리 지를 뻔한 것을 가까스로 참아내고 바로 고개를 들었다. 틈 사이로 밖을 본 순간 내 눈에 들어온 것은 다름 아닌 그 '누군가'의 눈이었다. 그 사람 역시 숨죽이며 그 틈 사이로 나를 몰래 지켜보고 있다가 나와 눈이 마주친 것이었다.

심장이 터져 나갈 것 같았지만, 황급히 남자 친구에게 문자를 보냈다. 내가 일하던 매장 전화번호와 함께 사장님을 불러 달라는 메시지였다.

문자를 보내고 사장님이 오신 건 몇 분밖에 지나지 않아서였지만, 그 짧은 시간이 몇십 년처럼 느껴졌다. 온몸이 얼음이 되어 손가락 하나 움직일 수 없었다. 내 이름을 부르는 사장님의 목소리를 듣고서야 다리에 힘이 풀린 나는 그 자리에 주저앉아서 엉엉 울고 말았다.

나중에 사장님한테 들었는데, 20대 초반의 젊은 남자가 품 안에 뭔가 숨기며 당황한 모습으로 화장실을 빠져 나갔다고 한다. 정황을 잘 몰랐던 사장님은 무슨 일이 났나 싶어 나만 찾기에 급급해서 그 사람에게 신경 쓰지 않았다고 했다.

그때 일을 생각하기만 하면 너무 소름이 끼친다. 아직도 그 남자의 눈빛을 잊을 수가 없다. 그 이후로 나는 아무리 대낮이어도 인적이 드문 화장실은 혼자 가지 않는다.

친절한 택시 기사

국어 선생님이 수업 시간에 들려주신 경험담이다.

국어 선생님은 남자 분이신데 얼굴이 좀 곱상하달까, 다소곳하게 생기셨고 체구도 남자치고는 왜소하신 편이다. 그래서 좋게 말하면 첫인상이 온화해 보이고 나쁘게 말하면 만만해 보였다.

어느 날 선생님은 새벽까지 친구들과 술자리에서 격하게 우정을 다지다가 다음 날 수업을 준비할 게 있어서 먼저 빠져나오셨다.

택시를 잡기가 힘든 시간대라 10분 넘게 기다리다 가까스로 택시를 잡을 수 있었다. 택시의 내려진 앞 유리창을 통해 선생님은 택시 기사에게 물었다.

"XX동 괜찮으세요?"

그러자 택시 기사는 꼭 무언가를 가늠하듯이, 잠깐 선생님을 위아래로 훑어보았다. 그러고는 고개를 끄덕끄덕 하면서 타라고 말했다.

한참 장거리 손님을 태울 시간대였다. 선생님은 15분만 달리면 도착하는 단거리 손님이라 택시 기사가 태울까 말까 고민했던 것이라고 생각하고 별 생각 없이 조수석에 탔다. 그런데 택시에 타고 보니 조수석 앞에 당연히 붙어 있어야 할 기사 인적 사항이 없었다. 선생님이 비어 있는 그쪽을 쳐다보고 있으니까 택시 기사가 먼저 말을 꺼냈다.

"아, 그거요. 오늘 저녁에 어떤 손님이 그 위에 커피를 쏟아서요. 너무 보기 흉해서 그냥 치웠어요."

그러더니 대뜸 캔커피를 권했다.

"아! 그리고 보니 커피가 있는데, 드실래요?"

선생님은 좀 의심스럽기도 했지만, 그래도 택시 범죄는

주로 여성을 대상으로 한다는 생각이 강해서 크게 개의치
는 않았다.

체질적으로 커피를 마시지 못하는 선생님은 정중하게
거절했다. 그러자 택시 기사는 아무렇지 않게 녹차나 식혜
도 있다면서 운전석 옆에 놓인 무언가를 뒤졌다.

마침, 신호등이 정지 신호로 바뀌어 차가 멈추게 되자
택시 기사는 아예 몸을 틀어서 뭔가를 찾기 시작했다. 차
앞쪽을 뒤적뒤적 쑤시면서 "어? 왜 없지? 이상하다… 어?"
라는 말을 계속 했다. 선생님이 웃으면서 됐다고 했는데도
택시 기사는 들은 척도 안 하고 "왜 없지? 없을 리가 없는
데"라면서 계속 뭔가를 찾았다.

그런데 찾는 것이 나오지 않자 택시 기사의 말투가 점점
난폭해지고 동작이 커지더니 이윽고 욕설까지 섞이기 시
작했다.

"아! 씨X, 왜 없는 거야!"

선생님은 점점 기분이 이상해져서 자기도 모르게 조수
석 문 손잡이에 손을 가져갔다. 그 순간 신호가 바뀌었다.
하지만 택시 기사는 차를 출발시키지 않고 계속 욕설을 내

뱉어가며 뭔가를 찾고만 있었다. 뒤에 있는 차들이 경적을 울려대기 시작했다.

경적 소리에 번쩍 정신이 든 선생님은 택시비를 뿌리듯이 집어 던지고는 그냥 문을 열고 도로로 뛰쳐나왔다. 그리고 그와 거의 동시에 등 뒤에서 "있다! 있어!" 하는 소리가 들렸다. 선생님은 그 소리가 하도 섬뜩하여 정신없는 와중에 반사적으로 뒤를 돌아봤다. 그런데 택시 기사가 들고 있는 것은 녹차나 식혜 같은 음료 캔이 아니라, 굉장히 육중해 보이는 공구였다.

선생님은 택시 기사가 공구를 들고 쫓아올지 모른다는 생각에 있는 힘껏 도로를 가로질러 달려서는 근처에 있던 편의점으로 들어갔다. 그곳에서 룸메이트한테 전화를 걸었고, 룸메이트가 올 때까지 편의점에 숨어서 떨고 있었다.

선생님은 지금 와서 생각해 보면 차가 쌩쌩 달리는 도로에 맨몸으로 그냥 내려 가로질렀다는 게 더 무섭다며 이야기를 마무리하셨다. 하지만 하마터면 선생님이 안 좋은 일을 당할 수도 있었다고 생각하니 오싹한 기분이 들었다. 과연 그 택시 기사의 정체는 무엇이었을까.

한밤중 뒤를 밟는 발소리

친구의 동생은 고등학교 3학년 학생이다.

대부분의 학교에서 고3 수험생은 수능시험을 대비해 늦게까지 학교에 남아 공부를 한다.

친구 동생도 매일 자율 학습에 지친 채 밤 늦게 집으로 돌아오는 생활을 했다.

그러던 어느 날이었다. 어둑한 골목길을 따라 무겁게 발걸음을 옮기며 아파트에 다다를 때쯤, 등뒤로 낯선 인기척이 느껴졌다. 누군가 따라오는 것 같아서 돌아보면 아무도 없었다. 동생은 피곤해서 예민해진 거라며 자신을 달랬다.

마침내 아파트에 도착했다. 하지만 나쁜 일은 겹쳐서 온다고 하던가. 그렇지 않아도 피곤한 몸인데, 마침 그날따라 엘리베이터를 점검하고 있었다.

원래는 오후에 점검이 끝나기로 되어 있었지만 어째서인지 내일까지 점검이 이어진다는 공고문이 붙어 있었다. 동생은 어쩔 수 없이 계단으로 올라갈 수밖에 없었다. 피곤한 몸을 이끌고 몇 층을 오른 뒤 다음 층을 오르기 위해 걸음을 내딛는 순간, 무언가 이상한 기운을 느꼈다.

분명 계단을 오르는 건 자신밖에 없는 것 같은데, 다른 발걸음 소리가 나고 있던 것이다. 동생은 이상한 느낌이 들어 걸음을 멈추고 계단 옆의 틈새로 아래를 봤다.

자신이 있는 곳에서 두 층 밑에 불이 켜져 있었다.

'분명 사람이 없다면 꺼져 있을 텐데……' 하는 생각이 들자 두려움이 몰려왔다.

아파트 앞에서 누가 따라오는 것 같았던 그 기분 나쁜 느낌도 다시 되살아났다.

동생은 미친 듯이 계단을 뛰어 올라갔다.

쿵...쿵...쿵...

하지만 다른 발자국 소리는 자신과의 거리를 점점 좁혀
왔다. 동생은 겁에 질려 급하게 계단을 빠져나와 살려달라
고 고함치면서 집으로 달렸다.

하필이면 집은 복도의 맨끝에 있었다. 한참을 뛰어가며
비명을 질렀다. 하지만 그 순간 집집마다 '철컥' 하고 현관
문을 걸어 잠그는 소리와 체인이 걸리는 소리가 들렸다.
그렇게 살려 달라는 비명을 질렀는데도 나와 보는 이웃이
한 명도 없었다.

다행히 동생은 집에 무사히 들어갔지만, 자기를 뒤따라
오던 발걸음 소리보다 살려 달라는 비명을 듣고도 현관문
을 걸어 잠그는 이웃들이 더 공포스럽게 느껴졌다고 한다.

대답 없는 사람

다른 식구들은 아침 일찍 외출하고 집을 혼자 지키던 날에 생긴 일이다. 컴퓨터를 켜고 큰언니가 부탁한 작업을 하고 있었는데, 현관문이 철컥거리는 소리가 났다.

처음엔 엄마가 돌아오신 줄 알았다. 그런데 처음엔 철컥거리는 소리가 나다가 나중에 벨 소리가 울렸다. 나는 문에 안전 체인을 걸어 둔 줄 알고 문을 열어 주기 위해 거실로 나갔다. 그때 문득 눈에 들어온 인터폰의 화면 속 인물은 엄마가 아니었다.

아저씨인지 아줌마인지도 분간이 가지 않는 어떤 사람

이 문 앞을 서성거리고 있었다. 나는 인터폰을 통해 "누구세요?"라고 물었다. 하지만 상대는 답이 없었다.

그래서 다시 유심히 화면을 살폈다. 이상한 점은 그 사람의 다른 부분, 즉 약간 곱슬거리는 머리카락이나 빨간 패딩 점퍼 같은 것은 선명하게 보였는데, 유독 얼굴 부분만은 안개가 낀 것처럼 흐리게 보였다.

순간 온몸에 소름이 쫙 끼쳤다.

이미 집안에 누군가가 있다는 인기척을 낸 상태였기 때문에 이제 와서 아무도 없는 척을 할 수도 없었다. 너무 무서워서 악을 쓰듯 고래고래 소리를 지르며 누구냐고 물었다.

상대는 대답 없이 그저 현관문 손잡이만 열심히 돌렸다. 계속 울리는 벨소리와 철컥거리는 문. 이상한 사람이 금방이라도 그 문을 열고 들어올 것만 같았다. 겨우 현관문으로 다가가 떨리는 손으로 문을 더 단단히 잠갔다.

그렇게 몇 분이 흘렀다. 그 사람은 어느 순간 문 여는 것을 포기했는지 문 옆에 있는 계단 쪽으로 가고 있었다. 그러나 계단 쪽으로 가는 걸 봤을 뿐 확실히 내려갔는지 알 수가 없어서 너무 불안했다.

그러다 문득 떠오른 사실이 있었다.

우리 집 현관문은 손잡이가 오른쪽에 있고, 문과 벨 중간에 불투명 유리가 있어서 제법 떨어져 있었다. 절대로 벨을 누르면서 동시에 손잡이를 만질 수 없는 구조였다. 그런데 아까 인터폰에 사람의 모습이 가만히 비치고 있을 때 현관문 손잡이가 철컥거렸다.

방금 전까지 나와 대치 중이던 것은 두 명 이상의 사람이거나 그게 아니라면 사람이 아닌 그 무엇이었던 것이다.

그때 일을 생각하면 아직도 이가 떨릴 정도로 무섭다. 그 후로는 집에 혼자 있을 때는 문단속에 더욱 신경을 쓰고 있다.

27

어두운 바다에서 수영하는 아이!

내 고향은 강원도 동해시이다.

많은 사람들이 강릉과 삼척은 알지만 동해시는 잘 모르는 것 같다. 유서 깊은 강릉과 삼척에 비하면 생긴 지 얼마되지 않은 도시라서 그런지도 모르겠다.

동해에는 해평이라는 곳이 있는데, 정말이지 아는 사람만 아는 아주 작은 해안이다. 기찻길이 끊긴 절벽 아래에 위치한 데다, 바다까지 가는 데 폭이 약 1미터 정도인 좁은 길을 통과해야 하기 때문에 관광지로는 적합하지 않아 사람들이 잘 모르는 것 같다.

이 해평에서 내가 중학교 때 겪은 일을 소개할까 한다.

더운 여름, 해수욕장까지 가기에는 시간이 없어서 친구들과 해평 바닷가로 놀러 갔다. 물장구치고 조개를 주우면서 정신없이 놀고 있는데, 해안 저편에 누군가 서 있는 것이 보였다.

자세히 보니 젊은 부부와 초등학교 1학년 정도로 보이는 남자아이였다. 관광객들이 거의 없는 곳이라 여기까지 어떻게 왔는지 궁금하고 그저 신기할 뿐이었다.

얼마 지나지 않아 우리는 그 아이와 함께 어울리고 있었다. 아이가 참 밝고 순수했다. '형아 형아' 하면서 잘 따르는 게 정말 귀여웠다. 그 아이가 몹시 마음에 들었던 우리는 행여나 아이가 다칠까봐 얕은 물에서만 공놀이를 하면서 놀았다. 아이의 부모님도 그저 지긋이 웃으며 바라볼 뿐이었다.

그렇게 서로 주거니 받거니 하던 공이 조금 먼 곳으로 날아갔다. 말릴 새도 없이 아이가 공이 날아간 쪽으로 달려갔다. 그런데 아이가 물 위에 둥둥 떠 있는 공을 잡는 순간, 그대로 바다 밑으로 사라졌다. 순식간이었다. 여기는 얕은 바다가 계속 이어지다가도 갑자기 깊어지는 부분이 많았는데, 아이가 그 밑으로 빠진 것이었다.

놀라서 달려갔지만 이미 늦었다. 그곳은 꽤 깊은지 비치는 물 색깔부터 달랐다. 우리는 바보같이 발만 동동 구르다가, 결국 해난 구조대와 119를 불렀다. 하지만 끝내 아이를 찾지 못했다. 너무 순식간에 일어난 일이라 그 아이의 부모도 어쩔 수가 없었다. 젊은 부부는 넋이 나가서 펑펑 울기만 했다. 친구와 나는 경찰서에서 조사를 받다가 각자 부모님이 오신 다음에야 집으로 돌아올 수 있었다.

마음이 참담했다. 그 어린아이의 죽음이 모두 내 탓인 것 같았다. 경찰은 끝내 아이의 시체를 찾지 못했다.

얼마 후, 어찌어찌해서 다른 친구들과 다시 해평에 오게 되었다. 친구들은 바다에 들어가 놀았지만 나는 차마 바다에는 들어가지 못하고 모래사장에서 말없이 바다만 바라봤다.

얼마나 시간이 흘렀을까. 어스름한 저녁이 되었다 싶을 즈음 나는 내 눈을 의심했다. 해변에서 약 20미터 정도 떨어진 바다 위에 예전 그 아이가 있었던 것이다.

나는 너무 놀라 앞뒤 재지 않고 소리치며 바다로 뛰어들었다.

"어서 나와! 밤에 수영하면 위험해!"

고래고래 소리를 지르며 무릎까지 차오르는 바다 속으로 뛰어들어갔다.

"빨리 나와! 나와!"

어느새 물은 배까지 차올랐다. 차가운 물에 정신이 아득했지만 멈출 수 없었다. 점점 그 아이와 가까워지고 있다는 느낌이 들었다.

하지만 그건 착각이었다. 물이 가슴까지 차는 곳까지 들어갔는데도 그 아이는 나와 처음 그대로의 거리를 유지하다가 점점 멀어지고 있었다. 이상했다. 너무 갑갑한 마음에 계속 달려들었다.

그때 큰 파도가 철썩 하고 나를 덮쳤다. 나는 그대로 물속으로 고꾸라졌다. 그 순간, 멀어져가던 그 아이의 얼굴이 내 코앞까지 다가와 있음을 느꼈다. 나는 그 아이를 봤다. 무표정한 얼굴로, 천천히 바다로 흘러가는 그 모습을. 물 아래에는 무언가 검은 것이 마치 그 아이를 조종하듯

꿈틀대며 움직이고 있었다. 그리고 나는 기절했다.

눈을 뜨니 병원이었다. 벌써 하루가 지나 있었다. 병원 관계자는 내가 어제 저녁에 갑자기 아무것도 없는 바다로 뛰어들었고, 근처 민박집 아저씨가 구해 줬다고 알려 주었다. 말없이 퇴원한 나는 무엇에 홀린 듯 바다로 다시 나갔다. 그런데 그곳에는 경찰을 비롯하여 많은 사람들이 모여 있었다.

혹시나 하는 마음에 달려가 보니, 얼마 전 바다에 빠진 그 아이의 시체가 발견됐다는 것이었다. 나는 사람들 틈을 비집고 들어가 그 아이의 시신을 보았다. 그리고는 또 다시 기절할 만큼 놀랐다.

원래 익사체는 허우적대다가 깊은 물속에 가라앉는데, 그럴수록 차가운 수온 때문에 몸을 잔뜩 웅크리고 있는 경우가 많다. 하지만 그 아이의 시체는 어제 내가 본 그대로 곧은 모습이었으며 눈을 똑바로 뜨고 있었다.

내가 죄책감에 시달리다 헛것을 본 것일까? 아니면 시체를 봤던 것일까? 그것도 아니라면……. 지금도 그 아이의 눈빛이 잊혀지지 않는다.

아이가 좋은 곳으로 가서 편히 쉬길 바랄 뿐이다.

상자만 찾아 돌아간 여자

내가 재수 학원에 다니던 어느 무더운 여름날이었다. 한참 입시 준비로 지쳐 있던 우리들에게 학원 선생님께서 정신이 번쩍 드는 이야기를 해주셨다. 선생님께서 젊었던 시절에 직접 겪은 일이라고 하셨다.

조금이라도 젊었을 때 우리나라를 걸어서 돌아 보자는 생각에 선생님은 친구 세 명과 함께 배낭여행을 떠났다. 국도를 따라 친구들과 함께 쭉 걸어가고 있었는데, 길이 야산 하나를 따라 크게 돌아가는 형태였다.

선생님과 친구들은 젊은 혈기에 산을 따라 돌아가기보

다는 야산을 가로질러 보기로 결정했다. 그리고는 길도 없는 산을 무작정 올라가기 시작했다. 그런데 아무리 가도 길은 보이지 않았고 점점 더 깊은 산속으로 들어가게 되었다. 결국 해가 다 저물도록 길을 찾지 못했다.

길을 계속 헤매다 보니 다시 돌아가자는 친구도 있었다. 하지만 선생님은 오기가 생겨서 이대로 더 가보자고 우겼고, 결국 선생님의 주도로 계속 가던 길을 이어 갔다. 그러기를 한참, 멀리 산속에서 희미한 빛이 보였다. 선생님과 친구들은 반가운 마음에 그쪽으로 발길을 재촉했다.

그곳에는 낡은 한옥 한 채가 덩그러니 있었는데, 그 위치에서는 산 아래로 국도도 내려다 보여서 내심 안심할 수 있었다.

날이 이미 저물어서 산속에서 노숙을 하든지 아니면 그 집에서 하루만 재워 달라고 사정을 하든지 해야 했다. 선생님이 대표로 나서서 집주인을 불러 재워 달라고 부탁을 했다.

그 집에는 의외로 젊은 여자 혼자 살고 있었는데, 별 거부감 없이 흔쾌히 남자 넷을 재워 주겠다고 허락했다. 게

다가 늦은 저녁상까지 차려 주었다. 마침 배가 고프던 선생님과 친구들은 게걸스럽게 저녁을 먹고, 여자가 베풀어 준 친절에 거듭 감사를 표한 뒤 따로 내어준 방으로 들어갔다.

친구들은 피곤함을 이기지 못하고 자리에 눕자마자 잠이 들었다. 그런데 선생님은 그날따라 이상하게 잠이 오지 않았다. 이리저리 몸을 뒤척이며 겨우 얕은 잠에 빠졌다. 그런데 어디서 이상한 소리가 들리기 시작했다. 그 소리의 정체가 무엇인지 궁금한 선생님은 바닥에 누운 채로 귀를 기울였다.

슥…… 슥…… 슥…….

귀를 쫑긋 세우고 집중해서 듣고 있자니 그것은 칼을 갈 때 나는 소리였다. 순간 머리끝이 바짝 서며 온몸에 소름이 돋아 자리에서 벌떡 일어났다. 그런데 신기하게도 선생님이 일어나자 나머지 친구들도 동시에 모두 자리에서 일어났다. 모두들 잠결에도 그 소리를 듣고 있었던 것이다.

선생님과 친구들은 아무 말도 하지 않고 서로의 눈을 쳐다본 뒤 천천히 방 밖으로 나갔다. 부엌 쪽에서 희미한 불빛이 새어 나오고 있었다. 그런데 마루에는 아까는 본 적이 없었던 작은 상자가 하나 놓여 있었다.

상자 입구가 약간 열려 있었다. 그 안으로 무엇인가가 보였다. 속에 뭐가 들었는지 궁금한 선생님은 상자로 다가가 입구를 완전히 열어 보았다.

상자 속에 들어 있는 것을 확인한 선생님은 비명을 지르며 집 밖으로 뛰쳐 나갔다. 그런데 너무 놀란 나머지 자기도 모르게 상자를 들고 도망치고 말았다. 친구들도 덩달아 비명을 지르며 함께 달렸다. 그들의 비명을 들은 주인 여자가 부엌에서 나오더니 뒤쫓기 시작했다.

상자를 들고 뛰느라 선생님은 뒤로 쳐지고 있었는데, 그러던 중 나무 뿌리에 걸려 넘어지면서 상자도 놓치고 말았다. '영락없이 잡혔구나'라고 생각한 선생님은 완전히 얼어붙어서 넘어진 자세 그대로 꼼짝도 하지 않고 있었다. 결국 여자가 선생님을 따라잡았고, 선생님은 극도의 공포감에 기절할 지경이었다.

그런데 그 여자는 그냥 아무 말 없이 선생님 옆으로 내팽개친 상자만 들고 다시 돌아갔다.

선생님은 앞서 도망갔던 친구들이 다시 돌아올 때까지 완전히 몸이 굳어서 움직이지 못했고, 친구들이 오고 나서야 겨우 자리에서 일어날 수 있었다. 선생님과 친구들은 날이 샐 때까지 끌어안은 채 두려움에 떨면서 그 자리에 뜬 눈으로 아침을 맞았다.

해가 뜬 후에 두고 온 짐을 찾으러 조심스럽게 다시 그 집으로 돌아갔다. 그런데 대문 앞에 모든 짐들과 신발이 놓여 있었다. 선생님과 친구들은 급하게 짐을 챙겨 뒤도 돌아보지 않고 국도까지 달렸다.

이 이야기를 듣고 우리는 선생님께 도대체 상자 속에서 뭘 보셨냐고 물어보았는데, 선생님은 씩 웃으면서 대답하셨다.

"내가 분명히 보았는데, 그 속에는 뭔가 흰 것이 있었어. 그런데 그게 아기 손 모양이었어."

몇 년 후, 우연히 그 근처를 방문한 선생님은 호기심에 다시 그 집에 가보려고 했는데, 이상하게도 그 집을 찾을 수가 없었다고 한다.

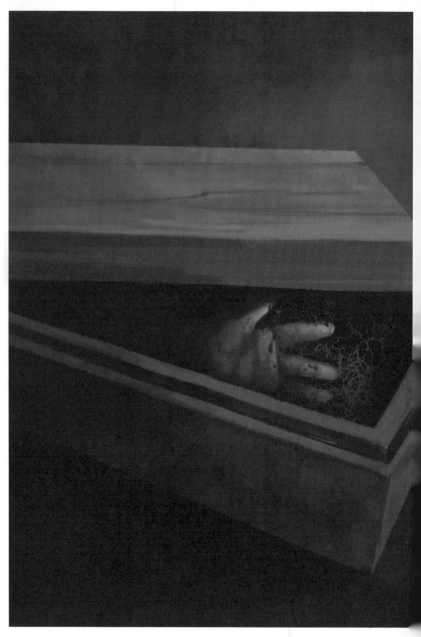

묘妙

어둠의 시간

삼촌의 첫 휴가

　우리 삼촌은 6남매 중 막내이다. 삼촌의 큰누나인 이모와는 나이 차가 열일곱 살이나 된다. 그런 삼촌이 군대를 갔다가 휴가를 나올 때였다. 사정 때문에 못 나오는 가족들을 빼고 이모와 할머니 이렇게 두 분이서 삼촌을 마중 나갔다. 군대 가서 살이 많이 빠진 삼촌의 모습이 안타까웠던 이모와 할머니께서는 삼촌을 데리고 이곳저곳에서 맛있는 것을 실컷 먹였다.

　그런데 생각보다 시간이 금방 지나고 피곤하기도 해서 근처 여관에서 하룻밤 묵고 아침 일찍 고속버스를 타고 집으로 가기로 했다. 여관에 들어간 삼촌, 할머니, 이모는 둘러앉아 시간 가는 줄 모르고 이제껏 하지 못했던 이야기보따리를 풀어냈다.

이야기를 마치고 취침 준비를 하던 중이었다. 갑자기 누군가 뒤에서 이모의 어깨에 손을 올리며 낮은 목소리로 말했다.

"야, 나와!"

깜짝 놀란 이모가 뒤를 돌아보니 삼촌 또래로 보이는 군복을 입은 남자가 이모를 빤히 쳐다보며 있었다. 창백한 얼굴이었는데, 무언가 불만이 가득 찬 목소리로 나오라는 말을 계속 했다.

자기보다 어려 보이는 남자가 반말하는 것이 영 거슬리기도 했고 어떻게 여길 들어왔는지도 의아했지만, 무엇보다 나오라는 이유가 궁금한 마음에 남자를 따라 밖으로 나가려고 했다.

그런데 남자를 따라 나가다 보니 방문이 굳게 닫혀 있었다. 뭔가에 홀린 기분이었다. 이모는 삼촌과 할머니에게 방금 군복 입은 남자가 자기한테 말 걸었는데 못 봤냐고 물어보았다. 삼촌과 할머니는 당황한 표정으로 아무도 들

어온 적이 없었다고 말했다. 이모는 어쩐지 으스스한 기분
이 들었지만 피곤한 탓이라는 생각으로 애써 잠자리에 들
었다.

이모는 원래 잠자리가 바뀌면 잠을 못 자는 사람이었는
데, 그날도 불편함에 이리저리 몸을 뒤척이며 잠을 청했다.
그런데 그때 형광등 부근에 뭔가 사람의 형체 같은 것이
보였다. 이모는 '저게 뭐지?' 하며 눈을 찡그렸다 떴다. 그
물체를 빤히 쳐다보자 형체가 뚜렷하게 보이기 시작했다.

그 모습을 본 이모는 꼼짝할 수가 없었다. 좀 전에 나오
라며 이모를 부르던 남자가 공중에 떠 있었기 때문이다.
목만 쭉 늘어뜨린 채 초점 없는 눈으로 이모를 내려다보고
있었다. 실체를 확인한 이모는 너무도 무서운 나머지 소리
도 지르지 못하고 그대로 기절하고 말았다.

다음 날 아침, 할머니는 한 쪽에 쓰러져 있는 이모를 깨
웠고 이모는 어젯밤 있었던 일을 모두 말했다. 하지만 할
머니는 익숙하지 않은 곳에서 자다 보면 헛것이 보일 수
있다며 이모의 말을 믿지 않으셨다.

그래도 뭔가 개운치 않은 기분에 이모는 여관 주인을 찾

았다. 그리고 군복을 입은 남자 귀신에 대해 상세히 말했다. 그제야 하숙집 주인은 떨떠름한 표정으로 이모에게 그 방에서 있었던 일을 털어놓았다.

2년 전쯤, 삼촌 또래의 휴가병이 바로 그 여관방에 묵었다고 한다.

그 휴가병은 혼자서 풀이 죽은 모습으로 찾아왔다. 휴가병의 표정이 내내 마음에 걸렸던 여관 주인은 다음 날 아침 과일이라도 깎아서 줄 요량으로 방문을 두드렸다. 그런데 아무리 문을 두드려도 대답이 없었다. 순간 불길한 생각이 든 여관 주인이 보조키로 문을 열고서 들어가보니 그 휴가병은 이미 목을 매고 자살을 한 상태였다.

급히 119를 부르고 시신을 병원으로 이송했는데, 그 이후에 여관 주인이 들은 소식에 의하면 그 휴가병에게는 변변한 가족조차 없었고, 아무도 찾아오지 않아 시신을 거두는 데 고생을 했다는 것이다. 여관 주인은 휴가병의 자살 이유는 알 수가 없었고, 그저 자살을 선택할 만큼 절박한 괴로움이 있지 않았을까 하는 추측만 할 뿐이라고 말했다.

이모는 여관 주인에게서 그 이야기를 듣고는 그 휴가병

이 무섭기보다는 안쓰럽고 측은한 마음이 들었다고 한다. 이모에게 말을 건넸던 그 남자는 자신과 달리 가족들과 희희낙락했던 삼촌을 보며 질투심을 느껴 이모에게 그런 장난을 친 것은 아니었을까 하는 생각이 들기도 한다.

아무도 듣지 못한
노크 소리

1998년, 나는 지금은 해체된 ○○그룹에 입사했다.

그룹 계열사의 신입 사원들은 일정한 장소에 모두 모여 한 달 정도 연수를 받아야 했다. 한 달 동안 네 명이 같은 방을 쓰도록 되어 있었다. 방은 조를 나누어 배정하는데 여자는 몇 명 없어서 조에 상관없이 별도로 배정받았다.

함께 교육을 받으며 이런저런 조별 활동 준비도 하고 저녁에는 모여서 술자리도 가지니 남자 직원들이 여자 직원 방의 문을 두드리는 일이 많았다. 1998년에는 휴대전화가 그다지 일상화된 때가 아니어서 더욱 그런 일이 잦았다.

각각 다른 조의 여자 네 명이 한 방에 있으니 각 조에서 여성 조원을 데려가려 방문을 두드려댔다. 방에는 2층 침대가 두 개 있었는데, 내 자리는 문 근처에 있는 아래쪽 침대였다. 그렇다 보니 자연스럽게 내가 노크 소리에 대답하고 문을 여는 경우가 많았다.

그런데 저녁에 종종 노크 소리에 대답하고 방문을 열어보면 아무도 없는 일이 생겼다. 처음에는 크게 신경 쓰지 않았다. 바로 옆방에도 여자 방이 있어서 그 방문을 두드리는 소리를 잘못 들었을 수도 있고, 워낙 복도가 소란스러워 이런저런 소리가 방으로 흘러들어왔기 때문이었다.

연수가 끝나는 날, 동기들 몇 명과 모여서 술을 마시며 이야기꽃을 피웠다. 그때 남자 동기 한 명이 연수원 교관으로부터 들은 이야기를 해주었다.

예전에 연수원에서 사람이 한 명 죽었는데, 그 이후로는 문 두드리는 소리가 나서 문을 열면 아무도 없는 경우가 종종 있다는 것이었다.

난 속으로 웃으며 생각했다.

'아, 이 사람이 여자들을 놀리려 한 달간 장난친 거구나.'

이 회사 신입 사원 연수에서 사람이 죽었다는 이야기를 먼저 입사한 학교 선배를 통해 이미 들은 적이 있었다. 연수원에 차를 가지고 들어왔는데 밤에 차를 몰고 나갔다 사고로 죽어서 이후 연수원에 차를 가지고 들어가는 게 금지되었다는 것이다. 그 선배가 입사할 때 일어난 일이라고 했다.

나는 씩 웃으면서 말했다.

"아, A씨가 장난한 거네. 어쩐지 계속 문 두드리는 소리가 나서 문을 열어도 아무도 없더라."

그런데 그 사람이 정색을 하더니 자기는 문을 두드린 적이 없다며, 오히려 나에게 장난치지 말라고 했다. 하지만 나는 그 사람이 여자들을 놀라게 하려고 꾸민 짓이라 확신하고 있었다.

"에이, 무슨 소리야. A씨 맞잖아. 우리 놀래 주려고 일부러 그런 거잖아."

그리고는 같은 방 여자 동기에게 물었다.

"J씨도 어제 들었잖아. 어제 우리 둘이 침대에 있을 때 밖에서 노크 소리 난 거. 내가 노크 소리 듣고 문 열었던

거 기억하지?"

그런데 그 말을 들은 J의 표정이 뭔가 기묘했다. 그리고 이렇게 말했다.

"나는 노크 소리 못 들었어. 그런데 갑자기 준희 씨가 '누구세요?' 하며 일어나서 방문을 열었다 닫던데."

사라진 그림자

지금으로부터 2년 전, 학교 복학 시기보다 일주일 빨리 군대에서 전역한 나는 의도치 않게 집에서 일주일 정도 휴식을 가지게 되었다. 그 일주일이란 시간을 하루 종일 컴퓨터 게임만 하고 보냈다. 전역하고 나서 마음껏 놀 수 있는 시간을 보상받고 싶었던 것 같다.

그렇게 시간을 보내다 사건이 발생했다. 아마 금요일이었을 것이다.

내가 사는 곳은 6층짜리 아파트의 1층이었는데 우리 아파트 뒤로 3층 높이에서 시작되는 커다란 담이 있었다. 다시 말해서 우리 아파트는 지하 3층 아래로 땅을 파서 지어진 곳이다. 아파트의 3층 높이가 지상 1층인 셈이었다. 금요일 새벽만 되면 내 방에는 아파트 뒤쪽 길의 가로등 불빛이 비쳐 들어왔다.

우리 집 쪽이 번화가에서 멀리 떨어져 있긴 하지만 근처에 대학도 두 곳이 있고, 집 바로 옆에는 초등학교, 반대쪽에는 큰 병원이 있는 곳이라서 사람들의 왕래가 잦은 동네였다. 그래서 금요일 늦은 저녁만 되면 주 5일제 근무덕분에 동네가 시끌벅적했고 거리에도 늦은 시간까지 가로등 불빛이 밝았다.

나는 그날도 밤을 새울 작정으로 게임에 몰두하고 있었다. 뒷 베란다를 통해 들어오는 가로등 불빛이 내 방 창문까지 닿았다. 나는 가로등 불빛을 의지해 방의 불을 끈 채컴퓨터 게임을 하고 있었다. 그러던 중 밖에서 이상한 소리가 들려왔다.

치이익…… 사박…… 사박…… 치이익……

게임 소리 때문에 신경 써서 듣지 않으면 들리지 않을 정도로 작은 소리였지만 이상하게 귀에 거슬리는 소리였다.

무언가를 땅바닥에 질질 끄는 소리 같기도 하고 발걸음 소리 같기도 했다. 더 자세히 듣기 위해 스피커의 볼륨을 줄이고 집중해 보니 바로 베란다 밖에서 들리는 소리였다. 뒷 베란다 밖으로 펼쳐진 아파트 뒤에는 화단이 있었는데 거긴 관리원 빼고는 출입 금지 구역이라 열쇠가 없으면 들어가지 못하는 곳이었다.

담 위쪽에서 들리는 소리도 아니고 화단에서 그런 소리가 들리니 갑자기 호기심이 일기 시작했다.

그래서 뒷 베란다로 나가 귀를 기울이고 있었는데 오른쪽 끝 창문에 사람 그림자가 어른거렸다. 가로등 불빛에 의해 아파트 뒤로 들어간 사람의 그림자가 보인 것이었다. 아마도 도둑일 것이라는 생각이 스쳤다. 무언가를 끄는 소리는 연장 소리인 듯했다.

거기까지 생각이 미치자 잽싸게 방으로 들어가 새어나가는 모든 불빛을 차단했다. 그래도 예비역 육군 병장인데 도둑놈 한번 잡아 보자는 생각에서였다. 그리고는 숨소리를 죽이고 다시 뒷 베란다로 가서 그림자의 행태를 살폈다.

이윽고 쇠가 시멘트 바닥에 마찰되는 소리가 들리고, 오른쪽에 나타났던 그림자는 슬그머니 왼쪽으로 옮겨지기 시작했다. 그러다가 내가 있는 창문 앞에서 멈춰 섰다. 그림자가 지나가면 몰래 창문을 열어 신원을 확인해 보려고 마음먹었다. 그런데 갑자기 내 앞에 우뚝 서 버렸다. 심장이 멎는 것 같았다. 그렇게 선 그림자는 한동안 그 자리에 미동도 없이 서 있다가 갑자기 위로 쑤욱 올라가 버렸다.

아파트에 양쪽 옆에는 가스배관이 있는데 내가 서 있는 곳이 그 배관의 위치와 가까운 곳이었다. 그래서 '도둑이 윗집을 털려고 배관을 타는구나'라고 생각했다. 나는 더는 못 기다리겠기에 창문을 있는 힘껏 열어젖혔다.

도둑에게 "잡혀 갈래, 아니면 내 선에서 끝낼까?"라고 외치려는 순간, 그 자리에는 아무것도 없었다. 담 쪽을 봤더니 역시나 지나가는 사람 한 명 없었다.

잘못 봤나 싶어서 문을 닫으려 할 때, 창문에 그림자가 다시 보였다. 순간 너무 놀라서 뒷걸음질을 치다가 다리에 힘이 풀려 엉덩방아를 찧고 말았다.

그제서야 깨달았다. 처음에는 그림자가 다시 생기는 것 때문에 놀라서 뒷걸음질쳤지만 진정하고 담 쪽을 확인하

니 가로등이 꺼져 있었던 것이다. 단, 담 위에 있는 가로등 하나는 켜져 있었다. 그 불빛에 의해 화단에서 생긴 그림자라면 우리 집 창문에 그림자가 비치는 것은 불가능했다. 화단에 사람이 있었다면 가로등과 사람은 거의 90도 각도를 이루기 때문에 그림자가 밑으로 생기지 우리 집 창문에 비칠 수 없었다.

생각이 거기에 미치자 방 침대로 뛰어들어가 있는 불을 다 켜고 한동안 오들오들 떨며 겨우 잠을 청했다.

그렇게 어렵게 잠이 든 나는 어렴풋한 구급차 소리에 잠을 깼는데 믿을 수 없는 이야기를 듣게 되었다. 3층에 사는 아저씨가 공사 현장에서 가져온 기다란 체인으로 목을 매달아 자살했다는 이야기였다. 간밤에 나를 오싹하게 했던 그림자는 목 매달아 대롱대롱 매달린 그 아저씨였던 것이다.

훈련소를 찾아온 사람

군대 훈련소에서 겪었던 일이다.

훈련소에서는 돌아가면서 불침번을 서는데, 그날은 동기들이 불침번을 서는 날이었다.

동기인 A군과 B군은 새벽 2시 정도에 불침번을 서게 되었다. 내가 있던 생활관은 복도 끝에 위치하고 있어서 바로 건물 출구에 붙어 있다시피 했다. 한여름이라서 생활관 건물은 문을 활짝 열어 놓은 상태였다.

불침번을 서던 A가 나무에서 하얀 옷을 입은 사람이 떨어지는 것을 보았다고 했다.

너무 놀란 A는 B가 있는 쪽으로 뛰기 시작했다. 그 순간, 생활관 앞의 방충망이 갑자기 덜컥 열렸다.

많은 사람이 모이는 훈련소 내에서는 귀신 이야기가 자주 떠돈다. 훈련이 막바지로 갈수록 친해진 사람들끼리 모여서 이야기를 나누는 시간이 많았는데, 특히 여름이면 대부분이 귀신 괴담들이었다.

나는 A가 겪은 이야기를 그 다음 날 들었다. 당연히 헛것을 봤겠거니 하고 대수롭지 않게 생각했다. 그런데 그 이야기를 듣고 있던 다른 동기의 얼굴이 굳어지기 시작했다.

"몇 시였어? 그거 본 게?"

"새벽 두 시 정도."

동기는 그 말을 듣고 천천히 고개를 끄덕였다. 그리고 한마디 했는데, 듣고 있던 우리 모두는 사색이 될 수밖에 없었다.

"어제가… 우리 아버지 49제가 끝나는 날이었어."

동기의 아버지가 마지막으로 아들을 보러 왔던 것이다.

절벽에서 몸을 던진 여자

이 이야기는 내가 전라북도 해안부대에서 군복무를 할 때 전해 들은 것이다.

대한민국 어디를 가나 ○○매, ○○골 식의 이름을 달고 있는 곳이 있는데, 이런 곳은 예전에 무속인이 살았던 장소이거나 깊은 골짜기이거나 인가와 떨어진 곳이다. 그런데 우리 해안부대 근처에도 서당매라는 곳이 있었다. 이 이야기는 그 서당매에서 있었던 일이다.

어느 날 말년 병장인 L병장과 K병장은 2인 1조로 경계 근무를 하러 새벽에 해안 초소로 갔다. 두 사람은 전역을 한달 남짓 남겨 둔 상태여서 다른 부대 같으면 근무에서 열외였을 텐데, 우리 부대는 병력이 부족해서 어쩔 수 없이 근무를 서야 했다. 둘은 "아이고! 우리는 지지리 복도 없는 놈들이다."라면서 억울해 했다.

가만히 서 있어도 땀이 흐르는 한여름이었지만 산 하나를 지나 초소에 도착했다. 근무에 들어간 두 사람은 지루함을 달래기 위해 이런저런 잡담을 나누었지만 좀처럼 시간이 가지 않았다. 그날따라 바닷바람도 없고 끈적끈적한 날씨여서 근무는 지루함 그 자체였다.

이야깃거리도 바닥 난 둘은 묵묵히 달빛이 어린 수평선을 바라보기만 했다. 그러던 중 L병장은 밀려오는 졸음을 이기지 못하고 그만 잠이 들고 말았다.

그런데 갑자기 찬 기운이 느껴져 살며시 눈을 떴다. 같이 근무를 서는 K병장이 문 쪽에 기대어 밖을 보고 있는 것이 보였다.

좀 더 잘까 하다가 실눈을 뜨고 쪼그려 앉은 채 앞에 서 있는 K병장을 바라보았다. 그런데 그때 K병장 앞으로 소복을 입은 여자가 미끄러지듯 지나가고 있었다. 주위는 쥐

죽은 듯 조용했고 발소리조차 들리지 않았다. 여자는 마치 공중에 떠서 미끄러지듯 움직이고 있었다.

소름이 돋은 L병장은 너무나도 무서워 앞에 있는 K병장을 부르지도 못하고 그냥 눈을 질끈 감은 채 여자가 어서 지나가기만을 빌었다.

잠시 후 눈을 떴을 때 여자는 보이지 않았다. 어느 정도 진정한 L병장은 후들거리는 손을 내밀며 앞에 있는 K병장에게 말했다.

"야! 너 혹시 방금 지나가는 여자 봤냐?"

그러자 밖을 보고 있던 K병장이 말했다.

"어, 봤어! 뒷모습까지 다 봤는데, 다리도 없는 게 뒤돌아올까 봐 무서워서 소리도 못 질렀어."

문 앞에 서 있던 K병장은 여자가 자신의 뒤를 돌아 앞으로 사라지는 모습을 보았지만 혹시나 다시 돌아올까 무서워 못 본 척 서 있었던 것이다.

그날 새벽, 두 사람은 더 이상 잠들 수 없었고 순찰 중이던 소대장이 오기만을 눈이 빠지게 기다렸다.

다음 날, 두 사람은 원사로부터 서당매에 관한 이야기를 들을 수 있었다.

우리 부대는 1980년부터 해안 경계를 시작했고 이전에는 전투경찰이 그곳에서 해안 경계를 맡았다고 한다. 그 당시 서당매에는 유명한 무당이 살았는데 딸이 하나 있었다고 했다. 그런데 어느 날 해안 초소에서 근무를 서던 전투경찰 한 명이 그 딸을 강간했고, 그 딸은 초소에서 조금 떨어진 해안가 절벽에서 뛰어내려 자살했다고 한다.

그 후로 경계 근무를 서다가 절벽에서 떨어져 다치는 병사들이 생겼다고 한다. 그런데 더 놀라운 사실은 절벽은 길이 없는 구석에 있어서 그 절벽까지 일부러 올라가지 않는 이상, 거기서 떨어질 수 없다는 것이다. 어쨌든 지금은 절벽을 철책으로 둘러쳐 놓아서 더 이상 추락 사고가 발생하는 일은 없었다.

하지만 이상한 여자를 목격한 사람은 그 후에도 계속 생겨났다고 전해진다.

눈 내리는 밤

　나는 경기도 이천에 있는 육군 소속 헬기들을 운용하는 부대에서 군대 생활을 했다. 그 부대에는 준위, 그러니까 일종의 기술직 직업군인 장교들이 많았다. 준위는 더 이상 계급이 올라가지 않고, 연차에 따라서 호봉만 올라가는 직업군인들로서, 그곳 헬기 조종사들은 대부분 준위였다.

　부대장급은 관사가 부대 안에 있기도 했지만, 준위는 부대 근처에 있는 자기 집에서 출퇴근을 했다. 대부분의 군 부대들이 그렇듯이 내가 복무했던 곳도 민간인 거주 지역에서 꽤 멀었기 때문에, 준위들은 자기 차를 몰고 다녔다.

내가 행정병으로 군 복무했던 곳에는 H준위라는 나이 지긋한 분이 계셨는데, 퇴근할 때 눈이 내리는 걸 몹시 싫어하셨다.

물론 운전하는 사람들은 대부분 눈이 내리면 길이 미끄럽고 위험해져 눈 내리는 날을 싫어하기 마련이다. 하지만 H준위는 눈을 싫어하는 정도가 좀 유별나서, 눈이 내리면 어두워지기 전에 퇴근하려고 급히 서두르거나, 아예 남의 차를 얻어 타고 가려고 애를 쓸 정도였다.

혹시 무슨 사연이 있는 것은 아닐까 생각했는데, 언젠가 회식 때 그 사연을 듣게 되었다. H준위가 눈 내리는 밤에는 운전을 하지 않게 된 이유를……

경기도 이천은 지금은 나름대로 꽤 번화한 지방 도시지만, 예전에는 아무래도 서울 도심지와는 많은 차이가 있었다. 특히 대중교통이 별로 없어서 다니는 것이 불편했다. 길이 약간 외진 곳은 대중교통을 이용하기가 더욱 힘들어서 군인들만이 아니라 민간인들도 종종 잘 모르는 사람의 차를 얻어 탔고, 서로 태워 주기도 했다.

1990년 12월의 어느 날 오후, 갑자기 하얀 눈이 펄펄 내리기 시작했다. "스노체인도 없는데⋯⋯." 하면서 H준위는 걱정스러운 표정으로 차를 몰고 부대를 빠져나와 퇴근 길에 올랐다. 바삐 움직이는 와이퍼 사이로 전방을 주시하며 혹시나 사고가 날까 조심조심 운전을 했다. 부대에서 조금 벗어난 한적한 도로를 지나고 있을 때, 위아래 전부 검은 옷을 입은 남녀 한 쌍이 길가에서 눈을 맞고 서 있는 것이 보였다.

'버스를 기다리나 보구나. 눈이 이렇게 많이 내리는데⋯⋯.'

안쓰럽게 생각한 H준위는 그 남녀 앞에 차를 세우고 물었다.

"어디까지 가세요? 시내까지 가시면 태워 드릴까요?"

남자와 여자는 반가운 얼굴로 고개를 끄덕이며 뒷좌석 문을 열고 차에 올랐다.

평범한 젊은 부부처럼 보였는데, 추운 곳에서 오랫동안 눈을 맞아서인지 안색이 창백해 보였다. 워낙 한적한 곳인데다 눈까지 펄펄 내려서 도로에는 오가는 차도 전혀 보이지 않았다.

젊은 남녀가 탄 뒤에 차를 다시 출발시키면서, H준위는 어쩐지 오싹해지는 한기를 느꼈다. 하지만 부부가 타느라고 차 문을 잠깐 열었던 탓이라고 생각했다.

"어이구! 날씨가 많이 춥죠?"

H준위가 뒤에 앉은 부부에게 큰 소리로 말을 걸었다.

"예, 상당히 춥네요."

대답하는 남자의 목소리를 듣고 H준위는 깜짝 놀랐다. 목소리가 바로 옆에서 났던 것이다. 분명히 뒷좌석에 탔는데, 남자가 어느새 조수석에 앉아 있었던 것이다.

'언제 앞자리에 왔지?' 하면서 H준위가 힐끔 뒤를 돌아보니 여자는 잠자는 듯 눈을 감고 조용히 뒷좌석에 앉아 있었다. 이상한 기분으로 고개를 돌려 머리 위의 백미러를 보는 순간, H준위는 다시 한 번 놀라서 심장이 멎을 것 같았다. 백미러에는 텅 빈 뒷좌석만 보이고, 여자의 모습이 전혀 보이지 않았던 것이다.

'아니, 이게 어떻게 된 거지?'

H준위가 옆에 앉은 남자를 힐끔 쳐다보니 창백한 얼굴

로 무표정하게 앞을 보고 있는 남자도 어쩐지 산 사람이 아닌 것처럼 느껴졌다. 히터를 최대로 틀었음에도 불구하고 몸이 저절로 덜덜 떨리기 시작했다. 오싹한 한기는 점점 더 심해졌다.

떨리는 얼굴로 한 번 더 힐끔 백미러를 보았다. 거울에는 여전히 텅 빈 뒷좌석만 보이고, 여자의 모습은 보이지 않았다.

'내가 귀신을 태웠구나!'

H준위는 그제야 상황을 깨닫고 겁이 덜컥 났지만, 주위에는 논밭만 있고 사람이 아무도 없었다. 벌벌 떨리는 손으로 차를 몰면서 불 켜진 주유소라도 눈에 띄면 들어가려고 생각했다. 하지만 그날따라 눈이 많이 내려서인지 문을 연 주유소가 눈에 띄지 않았다. H준위는 속으로 '귀신이다! 귀신!' 하면서 쿵쾅거리는 심장을 억누르고 눈 내리는 밤길을 계속 운전해 갔다.

그러던 중, 저 멀리 환한 불빛이 보이기 시작했다.

'거의 다 왔다! 조금만 더 가면 산다!'라는 생각에 액셀 페달을 더 밟아서 속도를 내려고 할 때였다. 갑자기 "고맙

습니다!" 하는 남자의 목소리가 들렸다.

깜짝 놀라 옆을 보니 조수석에 있던 남자가 보이지 않았다. 다시 뒤를 돌아보니 뒷좌석에 앉아 있던 여자도 어느새 사라지고, 차 안에는 혼자만 있었다. 펑펑 내리는 눈 때문에 차를 천천히 몰긴 했지만 절대로 정차하지는 않았고, 차 문을 여닫는 소리도 전혀 들리지 않았는데 기묘한 일이었다.

벌벌 떨면서 겨우 집까지 차를 몰고 간 H준위는 그대로 앓아누웠다.

그 뒤로 며칠간 또 귀신을 만날까 무서워서 밤에는 운전을 할 수가 없었다. 다행히 다시는 그 젊은 귀신 부부와 마주친 적은 없었다고 했다. 하지만 아직도 H준위는 눈 내리는 밤엔 절대 운전할 엄두를 내지 못한다.

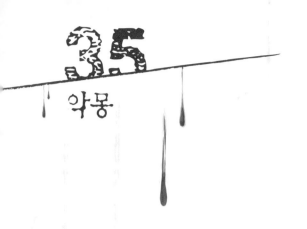

악몽

아버지께서 군 생활을 하던 중에 겪으신 일이다.

아버지는 1970년대에 서울의 모 부대에서 근무하셨는데, 당시 내무실에는 이상한 일이 있었다. 내무실 문의 왼쪽 침상에서 자는 사람마다 악몽에 시달렸던 것이다.

악몽의 내용을 기억하지 못하는 사람들도 많았지만 또렷이 기억하는 사람들도 있었다. 그들의 대부분은 악몽 속에서 완전 무장을 한 어떤 군인이 자기의 다리를 붙들고 늘어지며 살려 달라고 울부짖었다고 했다. 피눈물을 흘리며 울부짖는 그 모습이 너무도 끔찍하여 악몽에 시달렸던 사람들은 잠에서 깨도 두려움에 벌벌 떨었다.

이런 상황이 계속 이어지자, 누구나 그 자리를 꺼리게 되었다. 별 수 없이 그 자리는 갓 자대배치를 받은 이등병들 차지가 되었다. 그 자리에 대해 아무것도 모르는 이등병들도 잠을 잘 때면 여지없이 악몽에 시달렸다.

그러던 어느 날, 아버지의 전역을 앞두고 내무실 보수 공사가 진행되었다. 그런데 내무실의 침상을 뜯어냈을 때, 그 내무실 문 왼쪽 가장자리에서 밀봉되어 있는 봉투들이 무더기로 발견되었다.

봉투의 내용물을 확인해 보니 주로 의약 폐기물이었다. 수술할 때 쓰는 도구들과 쓰고 버린 거즈와 붕대가 잔뜩 들어 있었는데 오래된 것들이었다.

나중에 알고 보니 그 내무실은 한국전쟁 당시 야전병원으로 쓰던 곳이었다. 전쟁 당시에도 전투가 치열해서 사상자가 많았던 곳이라 했다. 그 이야기를 들은 아버지는 꼼짝할 수 없이 두려웠다고 한다.

아버지와 동기들은 그 의약 폐기물을 정성스럽게 수습하며 따로 한 곳에 묻었다고 하는데, 그 후론 끔찍한 악몽에 시달리는 사람이 없었다고 한다.

손 흔드는 남자

나는 강원도 화천에 있는 부대에서 군 생활을 했다. 그 곳은 6·25 전쟁 때 굉장한 격전지였고, 자살자도 많아 괴 담이 많이 떠돌았다. 그중 가장 유명한 괴담이 연대 탄약 고 괴담이다.

연대 탄약고에는 원래 야간에 근무 서는 초소와 주간에 근무 서는 초소가 따로 있었다.

어느 날부터인지 야간 초소에 귀신이 나온다는 소문이 돌고 초병이 실신하는 일까지 벌어지자 초병과 장교가 한 조를 이뤄 근무를 서게 되었다. 그런데 근무를 선 장교까지 귀신을 보게 되자 결국 야간 초소를 폐쇄하였고 주간 초소에서 주간 근무와 야간 근무를 모두 설 수밖에 없었다.

그렇게 주간 초소에서 야간 근무를 서기 시작한 지 얼마 되지 않아 우리 중대가 경계 전담을 맡게 되었다. 새벽 2시, 막 근무에 투입된 P병장은 유선통신으로 대대본부에 근무 보고를 한 후 구형 야간 투시경 통을 엉덩이 밑에 깔고 앉았다.

"누구 오는지 잘 봐라."

P병장은 후임 보초인 J이병에게 말하고 곧바로 취침 모드로 들어갔다. 근무 교대까지는 한 시간 반이나 남아 있었지만 병장이 깨어 있는 내내 괴롭힘을 당하는 것보다 오히려 혼자 근무 서는 편이 한편으로 나았기에 J이병은 가만히 있었다.

J이병은 밤나무가 우거져 있는 헬기장을 등진 채 연대 탄약고와 다음 근무자가 올라오는 본부중대 계단 쪽을 일정한 간격을 두고 주시하기 시작했다. 보초를 선 지 시간이 얼마나 흘렀을까, 야간 투시경으로 연대 탄약고 쪽을 주시하던 J이병은 자꾸 화면이 깜박거려서 렌즈에 나방이

라도 붙은 게 아닌지 확인해 보았다. 하지만 렌즈에는 아무런 이상이 없었다.

그런데 이상하게도 다른 쪽을 비출 때는 멀쩡하다가 탄약고 쪽만 비추면 투시경이 깜박거리는 것이었다. 갑자기 무서운 생각이 든 J이병은 잠든 P병장을 깨울지 말지 한참 고민하다가 들릴 듯 말 듯 한 목소리로 P병장을 불렀다.

"왜, 누구 오냐?"

퉁명스런 P병장의 물음에 J이병이 머뭇거리며 입을 열었다.

"야간 투시경이 이상합니다!"

P병장은 J이병의 목에 걸려 있는 야간 투시경을 벗겨서 이리저리 살펴보았다.

"어떻게 이상한데?"

"탄약고 쪽만 비추면 자꾸 깜박거립니다."

J이병의 말에 P병장의 표정이 갑자기 사색이 되었다.

"야……. 내가 꿈을 꿨는데 네가 탄약고 쪽으로 돌아 설

때마다 어떤 놈이 난간에 나와서 너한테 손을 흔들더라고."

P병장은 실탄이 든 통의 자물쇠를 손에 꽉 쥐었다.

"그게 꿈이 아닌가 보다."

J이병 이외에도 탄약고에서 정체불명의 형체를 본 사람
이 많다. 일설에는 부대의 자살자라고도 하지만 확실하지
는 않다.

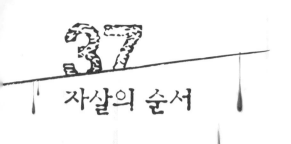

자살의 순서

친구의 군대 시절 이야기이다.

친구는 운전병 출신으로 이상하게도 병장을 달고부터 평탄한 군 생활을 보내지 못했다. 친구가 병장으로 진급해 운전병 및 소대 왕고참이 된 때였다. 친구가 장교와 부대 밖으로 운전을 나간 사이에 갓 훈련소에서 나온 이등병이 소대로 전입을 왔다.

그런데 그 이등병은 전입 온 바로 그날 목을 매달았다.

친구는 왕고참이라는 이유로 자살한 이등병 부모의 요청을 받아 살아서 얼굴 한 번 보지 못한 이등병의 염을 해

줬다. 막 전입 온 이등병의 자살 사건⋯⋯. 그런데 이 사건은 연이은 자살 사건의 시작이었다.

며칠 뒤, 옆 중대의 상병이 자살을 했다. 이 사람도 목을 매달았다.

부대 분위기가 뒤숭숭해지는 수준을 넘어, 헌병대나 기무대가 출동했기 때문에 하루하루가 지옥 같은 분위기였다. 이등병이 자살한 지 며칠 되지도 않아 또 자살 사건이 터졌으니 그럴 만도 했다. 부대 운영은 고사하고 하루 종일 헌병대의 조사만 계속되었다.

상병이 자살하고 한 달 뒤, 이번엔 중위가 자살을 했다. 역시 목을 매달았다.

이제 부대는 아주 난리가 났다. 두 달 사이에 세 명이 자살한 것이다. 게다가 마지막에 자살한 중위는 아버지가 삼성장군이었다. 중위는 쾌활한 사람이었고 자살할 이유가 전혀 없었다.

그렇게 악몽 같은 사건이 휩쓸고 간 뒤 부대 안은 한동안 잠잠했다.

어느 날, 친구는 수송부 정비병들이 부대 외벽에 그려

진 그림을 지우려고 페인트칠 하는 것을 보게 됐다. 정비에 한창 바빠야 할 정비병들이 한가롭게 페인트칠을 하고 있어서 친구는 정비병 하나를 붙잡고 그 이유를 물어봤다. 그리고 그 비밀을 알게 되었다.

일련의 자살 사건이 있기 직전에 친구 부대의 대대장이 교체되었다. 새로 부임하면 흔히 기념 삼아 이런저런 일을 하는데 간부들이 병사들을 시켜 칙칙한 부대 외벽에 그림을 그리게 했다.

군대니까 당연히 군인 그림을 그렸는데 오른쪽에서부터 왼쪽으로 이등병, 상병, 중위의 모습을 그렸다. 그리고 일련의 자살 사건이 벌어졌는데, 이등병, 상병, 중위 순으로 목을 매달았던 것이다. 그림 순서와 똑같았다.

자살 사건이 연속으로 터진 다음에야 상급 부대에서 그 그림의 존재를 알게 되었고, 곧바로 대대장에게 지우라는 명령이 떨어졌다.

"그런 불길한 그림을 왜 그냥 놔둬? 당장 지워!"

그림이 지워질 때, 친구가 말년 휴가를 나올 예정이었다. 그때까지도 부대 분위기가 흉흉해서 친구는 말년 휴가를 포기할까 했었지만 후임들의 권유로 휴가를 다녀왔다.

휴가를 보내고 부대에 복귀를 했는데 여군 장교 두 명이 각각 중대장과 소대장으로 전입을 왔다고 했다.

그 이야기를 듣고 친구는 아무 말도 할 수 없었다. 사실, 벽에 그려졌던 그림에는 이등병, 상병, 중위의 그림 말고도 다른 그림이 있었던 것이다. 바로 중위의 옆으로 그려진 여군 두 명의 모습이었다.

얼어붙은 훈련병

나는 21사단 훈련소에서 기초 군사 훈련을 받았다. 입소 2주차에 경계 근무 교육을 받으면서 초소 근무를 서기 시작했다. 조교 1명과 훈련병 2명으로 구성되어 3인 1조로 2시간씩 경계 근무를 수행했다.

내 차례가 되던 날 나와 내 뒷 번호 동기 그리고 '붕어'라는 별명의 가장 악질이었던 조교가 함께 경계 근무를 나갔다. 시간은 새벽 2시 정도였다.

우리가 근무를 서던 초소는 절벽 바로 옆에 있었는데, 초소 맞은편으로는 산으로 올라가는 오솔길이 있었다. 이

런저런 이야기를 하면서 근무를 서고 있었는데 어느새 교대 시간이 되었는지 다음 근무자가 손전등을 켜고 올라오고 있었다.

초소에 근무할 때는 어느 누가 다가오더라도 암구호를 묻도록 교육받았다. 그래서 당연히 다음 근무자가 오면 암구호를 물어야 하는데 꽤나 가까이 다가왔는데도 조교가 아무 말도 하지 않고 있었다.

당황한 나는 조교를 부르려고 옆을 쳐다봤다. 조교는 근무 교대자가 오는 쪽이 아닌 절벽 쪽을 향하여 총구를 겨누고 눈을 크게 뜨고 있었다. 사람 눈이 그 정도까지 커질 수 있는지는 그날 처음 알았다.

절벽 쪽에는 접근 금지 경고판이 있었는데 조교는 그쪽을 쳐다보고 부들부들 떨고 있었다. 나도 그쪽을 쳐다봤는데 경고판 주위로 반딧불 한 마리가 날고 있었다. 그런데 반딧불의 움직임이 뭔가 이상했다.

일정한 궤도로 같은 자리를 계속 돌고 있었는데 그 이상한 움직임을 눈치채면서 동시에 나도 몸이 얼어붙은 듯 움직이기가 힘들었다. 분명히 정신은 살아 있었는데 몸은 말을 듣지 않았다. 결국 함께 근무를 서던 내 동기가 근무 교대자에게 암구호를 물었고 그 와중에도 나와 조교는 마치 가위에 눌린 듯 옴짝달싹하지 못했다.

근무 교대자와 함께 당직사관이 초소로 들어왔는데 나와 조교를 보자 벌컥 화를 냈다.

"야! 이 자식들이 정신이 빠져 갖고 조교 새끼랑 훈병 새끼랑 자는 거야, 뭐야!"

그렇게 화내는 소리를 듣고 있는데도 눈은 그 반딧불에 고정되어 뗄 수가 없었다.

그러자 당직사관도 뭔가 이상함을 느꼈는지 "야! 저 새끼들 총 뺏어!"라고 내 동기에게 명령을 내렸다. 근무 교대자들이 나와 조교의 총을 뺐음과 동시에 우리는 간신히 그 반딧불에서 눈을 뗄 수가 있었다.

그게 가위가 풀린 것인지 아닌지 가위에 눌려본 적이 없어 모르겠지만 마치 몸을 묶고 있던 철사 같은 것이 풀려 내려가는 기묘한 느낌이었다.

당황한 조교가 당직사관에게 해명을 하려는 찰나,

사박…… 사박…… 사박…….

아무도 없는 오솔길에서 누군가 산으로 올라가는 소리가 아주 선명하게 들렸다. 그 순간 그 자리에 있던 모든 사람은 몸이 얼어붙어 눈을 동그랗게 뜨고 서로를 쳐다보았다. 근무 교대 후 내무실로 복귀하는 동안 당직사관은 우리에게 아무런 질책도 하지 않았다.

가위의 이유

비무장지대 철책 안의 관측 초소인 GP에서 운전병으로 근무했을 때의 경험담이다.

그 당시에는 각 부대에 운전병을 배치하지 않고 수송대라는 형식으로 운전병 부대를 조직하여 타부대로 파견을 보내곤 했었다.

우리 부대에도 예외 없이 수송대로부터 세 명의 운전병이 배치되었다. 그중 육공 트럭을 담당하던 맘모스라는 별명을 가진 병사가 있었다. 덩치도 크고 성격도 활발한 그 친구는 어차피 타부대 병사였기에 계급에 상관없이 누구나 친해질 수 있었다.

나와 나이도 같고 취미도 비슷했던 그 친구는 같은 부대 동기처럼 나와 금방 친해졌고, 서로 거리낌 없이 이야기를 주고받을 수 있는 친구가 되었다.

그 친구가 부대에 배치되고 두 달이 넘었을 때였다.

일과 시간을 끝내고 청소를 마친 우리는 야외 휴게소에서 담배를 피우며 이야기를 나누고 있었다. 그러던 중 으스스한 분위기 때문에 귀신 이야기가 오가다 맘모스가 이런 말을 했다.

"내가 원래 가위에 잘 눌리는데, 군대 오고 한 번도 가위 눌리지 않더라고!"

그는 고등학생 때부터 가위에 자주 눌리곤 했다. 딱히 주위에 무슨 일이 있었던 것도 아니고 이사를 해서 낯선 환경 때문도 아니었다. 단순히 자다가 이상한 느낌에 눈을 뜨면 몸이 마비가 됐다는 것이었다. 손가락 한 마디도 움직일 수 없고 식은땀만 줄줄 흘리면서 발버둥치다 어느 순간 "악!" 하는 비명과 함께 마비가 풀리곤 했다.

그런 식으로 가위에 눌린 채 곤욕을 치르던 그 친구는

어느 날부터인가 더 기괴한 일을 겪게 되었다. 잠을 자다 이상한 느낌에 눈을 뜨면 여전히 몸이 움직이질 않았다. 문제는 그 다음이었다.

여자인지 남자인지도 모를 머리카락이 긴 형체가 천장에 붙어서 내려다보고 있었던 것이다. 그럴 때마다 눈을 질끈 감아버린 채 또 다시 발버둥치고, 그러다 몇 분 후면 마비가 풀렸다. 그 일 이후로 가위의 강도는 나날이 심해지기 시작했다.

이제 가위에 눌리면 그 형체가 방안 구석구석을 돌아다니는 것이 보였다. 바닥에 서서 이리저리 돌아다니든지 의자에 앉아 있든지, 또는 벽에 붙어 있든지 했다. 그런데 그 형체가 무슨 행동을 취하고 있든지 그쪽에서 자신을 바라보고 있다는 것은 확실하게 느껴졌다.

그 사실을 알게 된 부모님이 아들을 괴롭히는 귀신을 쫓아내고자 이런저런 퇴마 의식을 해봤지만 가위의 횟수만 조금 줄어들 뿐이었다고 한다. 귀신은 입대하기 한 달 전에도 그 친구를 괴롭혔다. 그런데 그렇게 자신을 끝까지 괴롭히던 귀신이 신기하게도 입대 후에는 더 이상 나타나지 않는다는 것이었다.

"뭐, 사람도 오기 싫은데 귀신이라고 입대하고 싶을까?"

우린 피우던 담배를 비벼 끄며 이야기를 마쳤다.

그렇게 또 다시 몇 달이 흘러 부대가 있던 강원도에 장마철이 찾아왔다. 강원도의 장마철은 보통 며칠에서 몇 주에 걸쳐 이어지곤 했다.

본부에서 경호대를 맡고 있던 나는 GP로 보급품을 전달하기 위해 장비를 챙기고 우비를 입었다. 보급은 경호대가 타고 있는 방탄 차량과 보급품을 싣고 있는 트럭이 한 팀으로 움직였다. 평소라면 비가 그칠 때까지 기다리겠지만 장마철에는 예외가 없었다.

우리는 당시 맡고 있던 XX1GP와 XX2GP 중 2GP에 먼저 보급 작전을 진행하였다. 포장이 되어 있지 않은 비무장지대의 땅은 폭우 속에 질퍽하기 그지없었고 차 안에 앉은 우리는 쉬지 않고 상하좌우로 흔들렸다. 비록 평소보다 속도가 느리기는 했지만 별다른 탈 없이 2GP의 보급을 완수할 수 있었다. 이어서 보급 작전팀은 1GP로 향하였다. 하늘은 여전히 어두웠고 구멍이라도 난 듯 쉴 새 없이 비를 퍼붓고 있었다.

평지에 있는 2GP에 비해 1GP는 높은 곳에 있어서 더 고생이 심했다. 1GP까지 올라가는 도로의 경사면은 굉장히 급경사였다. 따라서 차량 전복을 우려하여 경호대는 하차해서 도보 경호를 수행하며 힘들게 1GP로 이동했다. 보급대가 1GP에 도착하자 보급품이 오기만을 학수고대하던 1GP의 병사들은 재빠르게 밖으로 나와 보급품을 옮기기 시작했다. 그때 하늘이 번쩍였다.

"우르르르! 콰아아아앙!"

번쩍하는 불빛에 이어 천둥소리가 났다.

낙뢰는 바로 옆 XX0GP 근처에 떨어지고 있었다. 그쪽은 XX1GP보다 고지대였기에 낙뢰로 인한 사고도 종종 있었다. 그때 상황병이 낙뢰 조치를 하라는 상부의 무전을 소대장에게 전했다. 소대장은 낙뢰 조치에 맞춰 높은 곳에 있던 병력을 철수시키고 만약의 사고를 대비해 지상 경계조를 최소한으로 줄였다.

"나 참, 큰일이네."

보급대의 조장을 맡고 있던 포반장은 한숨을 쉬며 푸념했다. 낙뢰 조치가 이루어지면 비무장지대에서 이동이 금지되기 때문이었다.

"포반장님, 낙뢰 조치 해제될 때까지 계속 기다려야 합니까?"

"규칙이 있는데 그래야지 어쩌겠냐."

보급대는 울상이었다. 시간은 오후 4시가 넘었고 1시간 후면 일과가 종료되는 시간이었기 때문이다. 우리는 휴게실 쪽에 장비를 내려 놓고 낙뢰 조치가 해제되길 초조히 기다리고 있었다.

그렇게 시간이 흐르고 우려했던 최악의 일이 벌어졌다. 비무장지대로의 이동 시간이 끝나 버린 채 낙뢰 조치는 해제되지 않은 것이었다. 비무장지대는 밤이 되면 출입 금지였다. 우리는 본부로부터 1GP에서 하루를 보내라는 명령을 받고 하는 수 없이 짐을 풀게 되었다. 당시 내무실은 그곳 근무자의 정원에 맞춰 설계되어 있어서 여유 공간이 없었다. 그래서 우리는 어쩔 수 없이 휴게실에서 묵기로 했다.

조장이었던 포반장을 제외한 운전병 2명과 경호병 5명, 이렇게 7명은 1GP에서 쉬는 시간을 가지며 고단함에 잠을 청하게 되었다.

밤 10시쯤 취침하여 얼마나 흘렀을까, 끝 쪽에서 자고 있던 병사가 비명을 지르며 일어났다.

우리는 깜짝 놀라 모두 잠에서 깨어났다. 경호병 중 가장 막내였던 병사가 황급히 휴게실 불을 켰고, 우리는 누가 비명을 질렀는지 알게 되었다.

"맘모스, 무슨 일이야?"

비명을 지른 사람은 운전병인 맘모스였다. 그는 황급히 침상을 밟고 반대편 끝자리였던 내 쪽으로 건너왔다.

"야! 귀신 봤어! 귀신!"

잔뜩 겁을 먹은 맘모스는 식은땀을 흘린 채 당황한 기색이 역력했다. 일단 나는 그에게 물을 한 잔 전해 주고 담배를 피우러 가자며 밖으로 끌고 나왔다. 밖으로 나와 담배를 피우며 어느 정도 마음이 진정된 맘모스에게 나는 되물었다.

"귀신을 봤다고?"

담배 한 대를 급하게 피운 맘모스는 새 담배에 불을 붙이며 말했다.

우리와 같은 시간에 취침하여 낯선 곳에서 잠을 청하던 맘모스는 쉽게 깊은 잠을 이루지 못했다고 한다. 이리저리 뒤척이며 억지로 잠을 청하다가 겨우 자신이 자고 있다는 생각이 들던 찰나, 느낌이 이상했다는 것이다. 그가 조심스레 눈을 뜨자 아니다 다를까 귀신이 내려다보고 있었다고 한다.

맘모스의 몸은 또 다시 가위에 눌린 채 움직이지 않았다. 그런데 입대 전 가위에 눌릴 때 자신을 괴롭히던 귀신이 아닌 완벽한 형태의 남자 귀신이었다. 그 귀신은 천장에 붙어 맘모스를 쳐다보고 있었다. 그 시선을 피하려고 안간힘을 썼는데 이제는 눈조차 감기 힘들었다. 뚫어져라 자신을 쳐다보는 그 남자의 시선을 회피하고자 식은땀을 줄줄 흘리던 맘모스는 마침내 눈을 감을 수 있었다. 빨리 이 가위에서 벗어나길 바라던 맘모스는 눈을 질끈 감은 채 두려움에 떨었다.

그리고 얼마나 흘렀을까. 울음소리가 들려오기 시작했다. 남자의 울음소리였다. 1초가 1년 같이 느껴진 맘모스는 죽을 힘을 다해 몸을 움직이려 했다. 비명을 지르고 싶었지만 도저히 소리가 나오지 않았다.

그러던 중, 소리가 갑자기 뚝 그치며 감은 눈 너머로 빛이 들어왔다. 누군가 휴게실 전등을 켰고 귀신이 사라졌구나 판단한 맘모스는 눈을 떴다.

하지만 눈앞에 보이는 것은 얼굴을 마주하고 있는 남자의 얼굴이었다.

누가 전등을 킨 것이 아니었다. 번개가 연속으로 쳐 창문 너머에서 빛이 들어왔던 것이다. 남자는 맘모스의 바로 눈앞에 있었지만 숨결도 느껴지지 않을 뿐더러 사람의 느낌이 전혀 나질 않았다. 맘모스는 또 다시 눈을 질끈 감아 버렸다.

시간은 더디게 흘러갔다. 차라리 기절해 버렸으면 좋겠다고 생각할 만큼 겁에 질린 맘모스는 안간힘을 다해 몸부림을 쳤다. 어느 순간, 몸이 다시 움직이기 시작했다.

격렬하게 몸을 뒤척이다 베개가 땅에 떨어지고 맘모스의 고개가 침상 밖으로 젖혀졌다. 아직까지도 무서움에 눈을 뜨지 못하던 맘모스는 슬며시 실눈을 떴다. 천장에는 아무것도 없었다. 좌우를 조심스레 보니 좌우에도 귀신은 없었다. 드디어 가위에서 풀렸다고 안도하며 고개를 들던 맘모스는 이내 비명을 지르고 말았다.

관물대 안에 그 남자가 쭈그리고 앉아 있었는데, 눈이 마주친 순간 밖으로 기어 나오기 시작한 것이다.

바로 그 순간 우리가 자신을 깨운 것이라고 했다.

그날 저녁 줄담배를 피우던 맘모스는 거의 뜬 눈으로 밤을 새웠다. 우리는 다음 날 아침 새벽쯤 낙뢰 조치가 해제되어 XX1GP를 나와 본부로 복귀할 수 있었다.

그 후 본부로 복귀했던 맘모스는 그때 겪었던 경험을 두 번 다시 겪지 않고 다행히 아무 일 없이 제대할 수 있었다.

맘모스의 일이 있고 난 뒤, XX1GP에서는 정신 이상을 보이던 병사가 내무실에 수류탄을 던져 다섯 명의 사상자를 내고 다른 연대로 인계되었다고 한다.